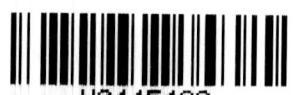

“隐形”的孩子

关于“校园霸凌”的社会观察

李燕燕　著

重庆出版社

图书在版编目（CIP）数据
“隐形”的孩子 ： 关于“校园霸凌”的社会观察 / 李燕燕著. -- 重庆 ： 重庆出版社, 2025. 7. -- ISBN 978-7-229-20764-9
Ⅰ. I25
中国国家版本馆CIP数据核字第20251XG709号

“隐形”的孩子——关于“校园霸凌”的社会观察

“YINXING” DE HAIZI——GUANYU “XIAOYUANBALING” DE SHEHUI GUANCHA

李燕燕　著

选题策划：李　子
责任编辑：李　子　何　晶
责任校对：李小君
封面设计：侯　建
版式设计：南　江

重庆出版社　出版
重庆市南岸区南滨路162号1幢　邮政编码：400061　http://www.cqph.com
重庆升光电力印务有限公司印刷
重庆出版社有限责任公司发行
邮购电话：023-61520656
全国新华书店经销

开本：890mm×1240mm　1/32　印张：7.5　字数：193千字
版次：2025年7月第1版　印次：2025年7月第1次印刷
ISBN 978-7-229-20764-9
定价：52.00元

目录

"隐形"的孩子
——关于
"校园霸凌"的社会观察

外一篇

长大的他们
——大龄孤独症患者的社会融合之路

为什么

校园里花朵般的孩子

会化身为恶魔？

“隐形”

——关于“校园霸凌”的社会观察

的孩子

一切都是从那群恶魔开始的。

你们成年人跟我们说不存在，只是为了不让我们害怕，但是你们也知道恶魔确实存在，而且无处不在。这样说吧，任何人都有可能今天还是正常人，明天就变成恶魔了，连你也不例外。被恶魔盯上后的某一天，我竟然拥有了超能力。我可以跑得飞快，可以在水下呼吸，还和龙一起飞翔。我甚至学会了隐身。我没发疯，我说的都是真的。

——埃洛伊·莫尔诺《隐形人》

引子

那是个血色的下午。

废弃的蔬菜大棚里，三个农村少年已然被恶念烧红了双眼。他们挥动着铁铲，一下接一下，朝另一名少年狠狠打去，鲜血、惨叫、狞笑、哀告……或许，被害者此刻的哀告，越发激起了施害者骨子里的暴烈和残忍！最后，面目破碎、了无生气的被害者被掩埋在了这个大棚里……直到民警拿着微信转账记录找到三个小恶魔，血腥暴虐的凶案事实才渐渐展露在光天化日之下。

邯郸三名初中生残忍杀害同学，这起耸人听闻的恶性案件一经媒体公开报道，便引发了社会前所未有的高度关注。这也是自 2021 年 3 月《中华人民共和国刑法修正案（十一）》（以下简称《刑法》）施行刚刚过去三年，刑事责任年龄再次被推到风口浪尖。

这或是一次有预谋、有分工的作案。施害者事先寻找杀人埋尸的“有利位置”，将受害者小光约到了这个隐秘的地点，然后一个人在外把风，一个人看住老实怯懦的小光，另一个则跑去拿凶器——那把沾满受害者鲜血的铁铲。杀人埋尸后串通应对，案发后还能保持沉稳甚至向警察撒谎。一系列的举动，与那些成年杀人犯相比，甚至有过之而无不及。毕竟几年前曾有过一则新闻：某入室抢劫者本来要持刀伤人，看见屋里惊慌失措的老人酷似死去的祖母，顿生恻隐之心，最终只谋财而没有害命。

据“红星新闻”报道，邯郸被害少年家属委托的律师臧梵清接受采访时称：“不光是面部，还有颈部、背部，都有非常严重的、尖锐物体巨大冲击导致的创口，有的（伤口）长度达七八厘米。”“之前网上有些言论说，受害者是被埋在土里导致的窒息，这是不对的。尸检中可以清晰地看出（受害者）口腔里有大量的血液，但并没有泥土，气管中也没有发现吸入性的气体，说明（受害者）并不是在死亡之前被埋的……”

可想而知，小光临死前曾遭受何等非人折磨。

与此相对应的，是网上流传的几张图片，关于三个犯罪嫌疑人在羁押中的状态和表现。图片上，一个孩子双手插在兜里，歪在长椅上若无其事地睡觉；另一个孩子面上表情能看出有心事，但却不见任何恐惧和悔意。于是，有网友惊呼：

这哪是十二三岁的初一学生，这分明是冷血的杀人恶魔啊！

尤其值得一提的是，种种事实表明，这起世所罕见的恶性案件虽然发生在校外，却是校园霸凌的延续。

“一些证据都清晰地显现出存在严重的校园霸凌行为。包括一个细节，就是孩子（受害者）在3月10日（下午）的4点10分手机支付了190元给犯罪嫌疑人，是孩子手机上全部的零钱。孩子是自愿支付还是被迫支付的，这个细节就很有问题。”臧梵清说。

另据“津云新闻”报道，镇里只有一所中学，就在村里，适龄的孩子大多在这里上学。小光和那三个凶手都是同学。关于小光，村民们评价：“经常在路上看到他，挺乖巧的一个孩子。”“这个孩子，常到小超市买点‘零嘴儿’，平时很少看到他和别人闹，挺老实的孩子。”小光的父母已经离婚，且都在外地工作，他跟着爷爷奶奶一起生活。同学们知道这起杀人案都很震惊，完全想象不到，因为他（小光）在学校学习一般，就是普普通通的学生，怎么会成为这起杀人埋尸案的被害者？

有同学说，小光从上初中就和张某是同桌，后来调开过，但又调回来了。在他的记忆里，小光在学校的时候，就被张某等三人欺负过，“一起去厕所的时候，就把他锁在放打扫工具的一个小屋里。上完厕所后，再把他放出来。”小光父亲表示，寒假的时候，孩子就曾告诉他“不想上学了”。之前他以为孩子贪玩，并没有当回事，还鼓励他好好上学。老师也为此给小光父亲打过电话。寒假结束后没几天，小光再次对爷爷奶奶说：“我不上学了，叫我去地里干活吧。”

“邯郸三名初中生残忍杀害同学”，在自媒体于互联网时代异常兴盛活跃的大背景下，舆情不断发酵，再次引发公众对“校园霸凌”这个热门话题的关注讨论。在这一大波舆情里，参与讨论的人来自社会方方面面，有知名律师、心理学专家、网络大V、普通百姓……是的，这里用了“再次”这个词。关于校园霸凌及其严重后果，这些年来，屡见于社会新闻，却常常刚有热度和关注度，很快又泯于其他“重磅新闻”。网上搜索近些年媒体曝光的校园霸凌事件，形形色色，桩桩件件，皆令人发指。或是数个女生对一个女生的掌掴侮辱；或是校园一角，数名少年对一名身单力薄的少年的群殴；或是数名霸凌者用11盆开水泼向被霸凌者……这些事件中，相当一部分是《刑法》定义下的故意伤害，且手段特别残忍，性质特别恶劣。

也就在“邯郸三名初中生残忍杀害同学”发生前的一个月——2024年2月1日上午8点3分，广州医科大学附属第一医院内，13岁男孩小伟的器官捐献手术开始进行。据医生介绍，手术完成后，小伟的器官和组织将至少帮助7人重获新生。

是的，除了被同学重伤的脑部，小伟的身体器官都是好的。肝脏、肾脏、肺脏、眼角膜以及其他血管组织，都将捐出用于临床医疗、医学教学和科学研究。

早在2023年12月23日，经过19天的抢救，南方医科大学珠江医院第一次判定小伟脑死亡。“那时候就有医生和身边的人跟我说了器官捐赠，说是可以帮助其他人。”小伟父亲说，但当时家属不愿放弃最后一丝希望，坚持继续治疗。2024年1月，医院又进行了一次脑死亡判定，一家人才开始考虑如何让孩子善终。根据相关捐献规定，2024年1月28日，小伟转院至广州医科大学附属第一医院，准备器官捐赠事宜。1月31日下午，经过第四次脑死亡判定后，家人正式为他办理器官捐赠手续。

“我的孩子从小到大都很善良，到最后还是个善良的人。”2023年11月，小伟还跟父亲说，等满18岁就去当兵。如今，小伟只能用另一种方式为社会作出自己的贡献。

这是《重庆晨报》等媒体报道的一个“特殊”的器官捐献故事。大善并不能掩盖大恶。有人因为这次捐献重获新生，而小伟年幼的生命却因为校园霸凌戛然而止，这让人多么悲恸与愤怒！

2023年12月6日，有网友爆料，广东阳春市某中学一名学生被三名学生殴打成了"植物人"。网友发布的几张阳春市人民医院的门诊记录、病历等图片显示，被害者小伟今年 13 岁，有"深昏迷"症状。阳春市人民医院 2023 年 12 月 4 日的一张门诊记录显示，小伟被诊断为脑疝、脑出血，拟收入 ICU 准备急诊手术。据"阳春融媒"微信公众号消息，2023 年 12 月 6 日，阳春市教育局发布情况通报，12 月 4 日（星期一）上午，某中学发生一起学生被同学打伤事件，1 名学生受伤送医院救治。这个恶性伤害事件在当时并没有引发大的舆情和关注度。据悉，经多次沟通，校方已同意进行民事赔偿。下一步，小伟家人与聘请的律师将继续跟进刑事附带民事诉讼。

根据《刑法》的规定，已满 14 周岁不满 16 周岁的人，只有在犯故意杀人、故意伤害致人重伤或者死亡、强奸、抢劫、贩卖毒品、放火、爆炸、投放危险物质罪的情况下，才应当负刑事责任。这表明，对于这些特定的犯罪行为，14 周岁以上的未成年人将被追究刑事责任。此外，已满 12 周岁不满 14 周岁的人，如果犯故意杀人、故意伤害罪，致人死亡或者以特别残忍手段致人重伤造成严重残疾，情节恶劣，经最高人民检察院核准追诉的，也应当负刑事责任。对于已满 14 周岁不满 18 周岁的人犯罪，应当从轻或者减轻处罚。由此可以看出，虽然未成年人在一定程度上享有刑事责任的减免，但在犯下特定严重罪行时，法律也会要求其承担相应的刑事责任。同时，考虑到未成年人的特殊性和可塑性，法律也规定了对未成年犯罪人从轻或减轻处罚的原则。

因此，在诸多性质恶劣的校园霸凌事件中，那些冷血残酷的加害者因为“未成年”，往往没有受到法律的真正惩戒，而被害者同样是“未成年”，那么法律又该如何保障他们的权益呢?

年轻人犯错误，上帝都会原谅。然而，犯下恶毒罪行的校园霸凌者真的能够被原谅吗?看看这些未成年的犯罪嫌疑人吧，他们冷漠自私、手段残忍，且心理素质超强。被人们知晓的所有细节表明，他们的身份就是“恶魔”，或者处于“成长期”的“恶魔”。常识告诉我们，等待“恶魔”的，不应是原谅或者和解，而是警诫和严惩。

小光父亲曾全程参加儿子的尸检。2024 年 3 月 18 日凌晨 5 点多，他在社交平台说：爸爸全程陪了儿子四小时，比想象的还要残忍。爸爸没有害怕，只有心疼和愤怒，等爸爸给你报仇!

报仇固然不可取，做父亲的更应该好好保重。但是，我们的法律，能不能从这起极端恶性案件以后，对未成年的加害者有真正意义上法律的严惩，给未成年的被害者和他们的家人一个慰藉和交代?

我们也想知道,为什么校园里花朵般的孩子会化身为"恶魔"?还有,我们,我们的社会,怎样才能保护到他们——我们单纯善良的孩子,不让他们因为校园霸凌而在花季里凋零?

一

隐秘的一年

什么是校园霸凌？在网络公共平台，教育专家们给出了如下的回答：

校园霸凌是指发生在校园内外的，学生之间持续、重复发生的伤害行为，这些行为可能是个体对个体的欺凌，也可能是群体对个体的欺凌。校园霸凌的形式多样，包括言语霸凌、肢体霸凌、物理霸凌（如破坏财物）、关系霸凌（如孤立冷落）和网络霸凌等。随着移动网络及社交媒体的普及，网络霸凌变得更加常见，比如通过网络发布关于受害者的不恰当言论。校园霸凌的受害者可能会经历身体上的伤害、心理上的敏感和猜疑、情绪抑郁等问题。同时，霸凌者自身也可能遭受性格暴躁、易怒等消极影响，妨碍与同学的正常交往。

同时，专家也指出，校园霸凌的存在，不仅对受害者造成伤害，也会“污染”学校的学习、生活环境，引起个别学生效仿，导致其他学生缺乏安全感，影响学校的管理和正常教学活动。因此，对于校园霸凌，社会各界包括政府、学校、家庭等都有责任采取措施进行预防和干预。

那么，本应和谐温馨的校园，为什么会有“霸凌”或者“欺凌”这种现象出现？

带着这个问题，我走访了数位心理学专家及心理咨询师——他们当中有人长期从事青少年心理咨询。其中一位叫作何梅的心理咨询师曾接待过一位少女的来访。这位少女患有严重的睡眠障碍，独睡的她越来越不能承受夜晚入梦的恐惧，总在即将进入睡眠状态时大脑条件反射般地苏醒，直到天边有一丝微亮透出。一个晚上，她最多只能睡上三四个钟头。少女开灯睡觉的习惯，是从初二的时候开始的。有一天，因为一点儿小摩擦，班里几个男生很凶地对着女孩吼了几句侮辱带恐吓的话。可怜的女孩受到刺激，从那天夜里就开着灯睡，一直发展到后来开着灯都通宵不合眼。这位少女的困境，与同学的欺凌紧密相连。

“校园霸凌并非突发事件，它源于多种原因，比如社会竞争、互联网高速发展、家庭教育、社交环境，等等。要知道，我们的校园并不单纯，投影着各种社会问题。”何梅说，“此外，我们的生命教育是薄弱的，很少让孩子知道生命宝贵而脆弱。”

因此，何梅一直在自己的心理学讲堂上对少男少女们进行“生命教育”——珍爱自己的生命，尊重他人的生命。

其他专家也给出了自己的看法：

——校园是一个“小社会”，学生们可能因为学业、外貌、家庭背景等方面差异而成为被攻击对象。现代科技的普及使得网络欺凌变得更为常见，也加剧了校园欺凌的复杂性。

——家庭教育、社交环境等因素可能影响学生形成“正面行为模式”与“负面行为模式”，导致欺凌行为的滋生。比如，如果父母把主要的时间和精力用在塑造孩子的正面行为，当孩子的正面行为越来越多，越来越强大的时候，他就会从自己的正面行为中获得快乐和满足，那么，他的负面行为自然就没有必要存在了，孩子也就不需要通过负面行为吸引他人的关注或者发泄自己的负面情绪。相反，如果父母把主要的时间和精力都放在了纠正孩子的错误行为上，那么，一方面，父母没有多余的时间来塑造孩子的正面行为；另一方面，孩子的这些负面行为会被强化，并让他们感到压抑和不快乐。这样更加容易导致孩子不可控制地制造出更多的负面行为，包括对其他同学的欺凌。

一位儿童心理学家告诉我，确实有“天生就喜欢欺负别人”的小孩。他举了一个例子：某小学三年级有一个“大块头”，常常欺负班里的同学，凭借着体重优势，动不动就把别的孩子死死摁在墙角。被欺负的孩子如果反抗，就会被“大块头”揍得鼻青脸肿。家长们向老师告状，向“大块头”的父母索赔，老师和父母都对“大块头”进行了严厉的责罚——据说，他做“包工头”的父亲，把他捆起来暴打了一顿。但时隔仅仅几天，“大块头”变本加厉，不仅欺负同学更加频繁，而且下手更狠，甚至用书包砸伤了一个女生的头。

这位儿童心理学家认为，“孩子喜欢欺负别人”有三个原因：

第一，表情识别能力差。国外有研究者在少年监狱中做过表情识别测试，他们想看一看，是不是真的有生来“向恶”的孩子。所谓“表情识别测试”，就是拿一些人脸表情的照片，让孩子去识别他们的情绪，是高兴还是生气，是悲伤还是惊恐。令人意外的结果出现了，在表情识别测试中，这些少年罪犯的得分非常低，而且大部分人得分为零。

为什么这些少年对于面部表情的识别能力这么差？因为父母几乎没有教过他们情感表达。冷漠和打骂，是这些父母与孩子相处的日常，这导致孩子对于情感的认知能力几乎为零；甚至，有些孩子身边缺失了父母。

所以在测试中，少年罪犯会把生气识别成高兴，把恐惧识别成欣喜。这就是他们在校园霸凌事件中狠毒冷酷的原因之一——被霸凌的那一方，无论是生气、恐惧还是悲伤，他们都认为是“开心”，这成了纵容他们行恶的动力。

第二，家庭里代代相传的“恶”。自小到大的耳濡目染，惯于家暴的父亲把对暴力的崇尚，潜移默化传给孩子；情绪化、坏脾气、遇事不愿沟通的家庭主妇，让孩子迷上在欺凌中倾泻情绪。

第三，孩子对于满足感的偏差，也是他喜欢欺负别人的原因。心理学家汤姆森博士的一本书中，描述了一个案例：学校里有个小胖子，原本没有什么攻击性，但在一次和同学们打闹的过程中，把另一个弱小的男孩推倒了。那个男孩一瞬间表现出的恐惧，让这个小胖子突然有了前所未有的满足感，以至于他渐渐喜欢上了这种感觉——让别人恐惧害怕的感觉。后来，他对班里比他弱小的同学都习惯使用暴力，同学们也因此害怕他，这反过来又助长了他的满足感。久而久之，周围同龄人与他的积极互动越来越少，在学校群体中，他充当了一个霸凌者的角色。

“相当一部分孩子做出残忍行为有两种原因，要么是他觉得自己很糟糕，要么就是他努力想让自己好受点。当别人变得糟糕时，他就会好受一些。这种心理满足感的偏差，如果不及时调整，就可能出现恶性的校园霸凌事件。”专家告诉我。在某主流网站的“心理”版块，我也看到了与之类似的观点。

除了请教专家和心理咨询师，我也在“知乎”上提出了相关问题：为什么会出现“校园霸凌”？

“知乎”时不时会出现来自民间的睿智回答，这次也不例外。有人作答：“校园霸凌来自人性中天然的‘恃强凌弱’。因为人类的进化历史，是一部残酷的斗争史，强弱的概念早已刻入人类的基因，校园这个‘小社会’也不例外。所谓霸凌，就是力量较强一方恶意伤害弱小一方的行为。”

作为中国心理学会校园欺凌与暴力防治专委会副主任，刘俊升从事该方面研究多年。在他看来，识别校园欺凌时，需要把握的核心特征有四点：蓄意伤害、以强凌弱、重复发生、遭受痛苦。

调查数据显示，全世界约1/3的儿童遭受过校园欺凌。2023年，华中师范大学教育治理现代化课题组的调查结果显示，中国中小学生校园欺凌的发生率为32.4%，调查指出，校园欺凌可能发生的地点有“教室、过道、校车、操场角落、校门口偏僻地方、厕所”等。同时，校园欺凌存在性别差异和年龄差异，“小升初”的年龄段恰是欺凌发生的高频时期。中国青少年预防犯罪研究会的一项调查则显示，有57.95%的受访者表示曾遭受过校园霸凌，其中50%以上的受害者当时年龄在14至16岁之间，中学已成为校园霸凌发生的主要场所。调查还发现，年龄越大的学生，反而越不愿意向成人求助，背后的原因，或是感觉丢人、认为自己无能、担心他人觉得自己是告密者、希望自己去独自解决，或是认为大人无法帮到自己。

值得一提的是，相关调查表明，被欺凌的孩子中，仅有27.2%的家长怀疑或发现孩子遭受欺凌。就像当下屡屡发生的击穿公众心理承受底线的校园霸凌事件，受害者的家长常常都是出事后才知晓先前情况，或者此时才把事件的发生与之前孩子身上发生的种种异常联系起来。与之相对应的，那些残酷的加害者的家长，则对自己孩子在外展现出的"恶魔"的一面，似乎毫不知情。

在律师朋友的帮助下，我见到一个霸凌者的母亲。小岗，这个年仅14岁的霸凌者，与几个"马仔"一起，放学后，像往常一样在一条背街里拦住同学小华的去路。因为小华拒绝再给他们"买雪糕"的钱，他们狠狠打了小华一顿，直到有路过的大叔喝止。以往，小华总是小心翼翼地瞒住自己身上的伤痕，或偷偷涂抹药膏或吃下云南白药，这次却再也瞒不住了，他在群殴中受了重伤，脾破裂，被送进医院急诊手术。小岗及几名"马仔"的父母付出了近二十万元的高额赔偿，小岗也被送进了专门学校接受监管。小岗母亲告诉我，她的儿子平时很懂事，甚至会抢着干家务活，学习成绩也不错。因为她是单亲妈妈，在菜市场有一个鸡鸭档口，平时难免会与周围摊贩磕磕碰碰，小岗如果遇见这样的情形，会立马站出来，给母亲撑腰。后来，我走访菜场里与这位母亲熟识的摊贩，有人告诉我：“小岗这娃娃很凶的。有一次我和他妈为了摊位越界的事情发生争吵，小岗放学赶来，一脚踢翻了我的一篮番茄，然后狠狠瞪着我，那眼神让人害怕。”

有人认为，校园霸凌几乎都出现在中小学阶段，大学里似乎不存在这种情况。因为，大学生多数已成年，况且能通过高考进入大学，多少都有一些法律常识，知道搞校园欺凌特别是暴力霸凌，轻则退学，重则判刑。所以，只要不是一时“热血上头”，都不会主动闯祸；而且，大学生的压力，可以通过运动、游戏、谈恋爱等多种渠道来纾解。

值得关注的是，大学里欺凌事件或许不多，故意伤害甚至“预谋杀人”却一直都有，例如2004年的马加爵案、2013年的复旦林森浩投毒案，以及发生于20世纪90年代中期至今仍疑窦重重的朱令铊中毒事件。其中，被告人马加爵、林森浩被判处死刑已执行。

有一种观点是，大学里的伤害事件基本与校园霸凌无关，大部分情况下，是被害人有意或者无意间戳爆了加害者的“心理爆破点”，导致了悲剧的发生。就像“马加爵案”，据一些媒体报道，凶案的导火线，就是几个同学打牌时室友邵瑞杰无意说的“没想到连打牌你都玩假，你为人太差了，难怪龚博过生日都不请你……”寥寥几句话，使得来自广西农村的马加爵动了杀念。

也有人认为，相比于中小学，大学生群体的霸凌手段更为隐蔽，孤立、冷暴力、搞小团体，以及“寝室内斗”。面对这些情况，校方常常首选“息事宁人”：“成年人啦，要学会处理好人际关系！”“你要把事情搞大吗？还想不想拿毕业证了？”有时候，某大学生的诉求仅仅是让“欺凌者”写一封“道歉信”，结果却换来一堆误会和指责。所以，在大学里，霸凌并不是真的消失了。

“也是在那时，她们意识到，要成为恶魔不需要做什么特别的事，有时候什么都不做就足够了。”埃洛伊·莫尔诺在《隐形人》中写道。

让初中女生小珍崩溃并一步步陷入抑郁症泥沼的，只是那些鄙夷的眼神和刻薄的话语。

胖瘦虽是个人的事，却逃不开外界的评论指点。学校里的同学攻击小珍的“点”，是肥胖。事实上，小珍并非真正的肥胖，只是青春期略略显出的丰腴而已。“胖妹”这个绰号，既是个标签，更是恶意满满的把柄，“班级里，大家都可以随心所欲地用这个绰号狠狠戳你”。

言语的伤害无孔不入，轻蔑与侮辱如影随形。渐渐地，小珍总感觉有人在背后悄悄嘲笑自己，说她长得胖，不论怎么装扮都难看。小珍被一种奇怪的恐惧感给笼罩：下雨天，她偶尔会惊惧地发现离家不远的一棵大树上，蹲着一个半透明的“白影”；平日，独自行走的话，觉得有人在身后跟踪，她走得快，“跟踪的人”就走得快，脚步窸窸窣窣的，她停下脚步，“跟踪的人”也停下脚步，但她始终不敢回头一探究竟。

初三的时候，小珍遭遇了同学又一次公开的嘲讽攻击，这一次，怒气上头的小珍与那个言辞锋利的女同学发生了激烈冲突。

“她跟我打赌，说我没那个胆色，不敢动刀子。结果不知道从哪里上来的勇气，我顺手从一边摸来一片刀片，闪了闪，一下子在自己的手腕上拉了条口子，鲜血直流。刚才还在得意扬扬、耀武扬威的某某人，还有一大群翻着白眼等着看我笑话的同学，全部吓得惊叫，然后作鸟兽散。”锋利的刀片割破肌肤，很疼。

“第一次在那些平时惯于欺负我的人的围观下，干脆利落地用刀片自残。听到她们突如其来的尖叫声，我竟然没怎么感觉到疼痛，甚至，还有一丝快感，与反击和复仇相关的快感。”

这之后的一段时间，小珍感觉，当面表现蔑视态度或者背地说坏话的人少了很多，大家似乎都“怕”她。她小心翼翼地学习生活，缩手缩脚、察言观色，尽量不去招惹“非议”。但不久，她发觉自己对所有的事物都提不起兴趣，没法快乐，严重失眠——常常半夜莫名其妙醒来，然后再也睡不着。她病了。然而这仅仅只是一个开端。“抑郁症”继“肥胖”之后，又成为她遭受同学言语欺凌的一个“点”，“尽管转了学，但我得病的事，无论如何都会被人知晓，然后开始新一轮痛苦的循环”。直到21岁，在医院以及心理咨询师的帮助下，小珍才渐渐康复。从始至终，除了她自己承受痛苦，没有人为此负责。

我聆听过小珍的讲述，也亲身经历过类似的痛苦。

1997年，我念高二，因为头发突然斑秃又戴了一副厚重的近视眼镜，所以深陷青春期的至暗时光。这样的外表，在同学当中尤其是男同学那里饱受嫌弃。唯一的优势是，我的功课还不错。我的同桌，一个高大帅气的男孩，经常在作业上得到我的帮助，待我很友善。我受到更严重的攻击是在这个男生转学之后，关于我“暗恋原先同桌某某某，人家被吓跑”的谣言不胫而走——造谣者是一个18岁的“留级”女生，生得漂亮，人缘很好。很快，关于“癞蛤蟆想吃天鹅肉”的嘲笑在班里男女同学间盛行，由班里男生率先开始，后来发展到整个年级的男生，见到我就是无端地嘲讽谩骂。有老师目睹我无缘无故被一群男生叫骂，很是愤慨。她把我叫过来问话，然后提出要让领头的男生请家长。我慌乱地拒绝了她的提议。因为我担心，这件事一旦激化，我会彻底被同学们孤立，甚至没有人愿意和我说话，这些是我无法承受的。

心理学研究表明，女性尤其害怕被孤立。如今还有一个惊人的发现：一个女生在网络社交朋友圈晒出一张大家一起游玩的照片，其内心深处的真正目的不是纪念，而是告诉那些没来的人——看，我们一起出来玩了。

最终我是如何摆脱那些侮辱攻击的？许多年过去，我几乎忘了。只是清楚记得，在寻医问药治好斑秃不久，我一度换上隐形眼镜，虽然因为不适应而迎风落泪，整体形象终究变好了一些。但是，哪怕今天，我的性格依然敏感，甚至生成了“讨好型”人格。这些，都是少女时代的心理创伤留下的“后遗症”。

“我就给他点儿颜色瞧瞧，瞧他那副样子，他能把我怎么样？”

“我不过就骂她几句，她自己找骂，又能把我怎么样？”

那些毫无顾忌的话语，漫不经心却恶狠狠地刺向被欺凌者，将他们的身心刺得千疮百孔。校园里的欺凌者却乐此不疲，并从中获取愉悦的感受。心理学家认为，语言欺侮是最基本的校园霸凌；但在很多大人眼里，这哪算是什么霸凌呀？

不过是同学间的小打小闹罢了。更有甚者觉得，计较这些就是无理取闹——一个学生，有这些矫情的时间，不如好好看书做作业。

长期以来，我们有意无意放任着阴暗在校园里一点点滋生并蔓延，到底要怎样才算达到真正的校园霸凌的程度呢？是要肉体受到伤害？是要施虐手段如酷刑般令人发指？还是要有孩子为此付出生命的代价？这样，我们才会真正重视吗？！

"他这样的货色，生来就是挨揍的。我们一起上！打他！"

12 岁的小鹏，父母都没有稳定的工作，夫妻俩在夜市开了一个臭豆腐摊。小鹏知道家里的艰难，常常做完作业就去父母那里帮忙。久而久之，在"臭豆腐"气味的熏染下，小鹏身上隐隐约约携带一股子"异味"。刚开始，只有几个人私下议论他"身上臭"，说"离他远点"；真正发展到校园霸凌，还有一件事作为重大转折。

一次，班里发起了"秋季研学"活动，去一个科技公园参观并集体吃火锅，每个人需要缴费 120 元。活动属于"自愿报名参加"，家长们在班群里代表孩子"表态"。小鹏父母刚刚按揭了一套房子，生意艰难，每月要还房贷，他们觉得花上 120 元去"玩一趟"划不来，于是不顾小鹏的哭闹，第一个在班群里表示“不参加”。和以往一样，班里的活动，几乎没有人主动缺席，这次不参加的，只有小鹏和另一个要参加市里比赛的同学。同学们都对研学充满期待。就在研学即将开展前的一周，活动突然因故取消，同学当中流传着“小鹏的母亲打电话向教委举报”的说法，尽管班主任已经公开说明“取消是因为六年级课程紧张”。从那时开始，同学中间就充斥着对小鹏的不满，“他是叛徒”“他一个人害得全班都不能出去玩”，这样一来，“身上臭”这些问题就一并被“清算”。有同学提出：“这小子该被收拾了。”之后就有五六个男生，自发组成了“打狗队”——他们把小鹏称为“讨厌的臭狗”，抓住时机就欺负他。

他们在放学路上拦住小鹏，搜走他身上所有的零花钱，夺下他背着的新书包，在上面狂洒可乐汁。小鹏母亲看到花了上百元买的新书包，上面是大片大片的污渍，气得拿起晾衣叉狠狠打他。小鹏不敢告诉母亲真相，因为母亲会因为他的无能而责怪他。“打狗队”会在课间十分钟把小鹏逼进卫生间，两三个人把他按在墙上。为首的那个用门边清洁工打扫用的刷子，在便池里蘸上他刚尿出的小便，然后把散发恶臭的刷子伸到小鹏的嘴边：“要么你喊我爸爸，然后学狗叫，要么你尝尝尿味道……”。临近侧校门的那片人迹罕至的小花园，也是那些人向小鹏施虐的“好地方”。他们剪下带刺的藤条抽打小鹏的手臂和臀部，那些被毒刺伤到的地方又红又肿，小鹏妈妈以为孩子惹到了马蜂或者起了荨麻疹；他们把从草叶上捕捉的青虫扔进小鹏的衣裤里，看他难受的模样，乐得哈哈大笑；他们点燃一支从大人那里偷拿的香烟，一人一口吸着，一边呛咳一边装出大人那般享受的模样，得意扬扬地朝小鹏脸上吐烟圈。香烟实在很难吸下去，就有人拿着烟屁股朝小鹏身上戳过去。小鹏惊叫一声，立刻闪躲，却让那几人大怒，"打死他！"一阵拳打脚踢……

2024 年，17 岁的小鹏已休学一年多，正在某精神卫生中心治疗"躁郁症"。医生说这种精神疾病跟遗传和基因有关，外界刺激只是起到了加速作用，但小鹏却对那五六个人欺负他的细节念念不忘。我与小鹏隔着一道铁栅栏，他战战兢兢地讲个不停。

"我记得，老师在课堂上说，你这样的人，真的没有什么价值，从小开始，就是消耗父母、消耗老师、消耗国家，就该被教训。同学知道老师不会维护我，所以他们怎么做，哪怕再过分都可以。"16 岁的小亮说。

小亮的父母都是某科研单位的职工，父亲甚至是一位高级工程师。这对高知夫妻一直很重视孩子的学习，可无奈小亮的成绩就是上不去。小亮小学时成绩就很差，"小升初"毕业考试也是勉强通过，因为家里提前购置的"学区房"，才入读某知名中学初中部的“业主班”。在这所一心抓“升学”的初中里，“业主班”属于“最低等级”的班次。学校的歧视，任课老师的嘲讽，家长的严厉，使得一些原本就不安分的少年开始寻求情绪的发泄口，老实木讷且学习成绩“拖全班后腿”的小亮，渐渐成为他们实施霸凌行为的目标。

“你有本事去告老师，看看老师会不会维护你，你这个全年级倒数第一名。”午休时间，几个男生把小亮挟持到教学楼五楼一个废弃的资料室，用暴力逼着他把身上所有的零钱交出来，又把他脖子上挂着、藏在内衣下的小金佛一把扯下来，扔在地上拼命踩踏，直到小金佛变形，几个人才大笑着扬长而去，只留下小亮站在原地号啕大哭。那个小金佛是奶奶生前专门留给他“保平安”的，是奶奶给他的念想。小亮告诉老师，老师却说：“你自己要争气，学习成绩拿得出手，谁敢欺负你。”小亮也曾跟父母委婉含蓄地讲过，学校有同学“针对”他，但却换来一通批评：“你到学校是去读书，还是去跟同学搞关系？”后来，小亮发觉这几个人只要拿了钱就会“手软”，他就常常主动拿零花钱或压岁钱去讨好他们。即便如此，那些男生也常常以欺侮他为乐。圆规、直尺、课本、作业本……小亮的东西总是突然不见，而且是在最需要的时候，比如临考试前。之后，这些东西又会突兀地出现在讲台的桌洞里，甚至是教室的垃圾桶里。那几个人哈哈笑着，大声告诉其他人："看，那个傻子，又被我们搞了！"也有极其恶心的事情发生，"有一天放学，他们抓住了我，然后朝我嘴里塞了一块爬着几只蚂蚁的饼干"。

最终，这场持续两年多的校园霸凌，直到初中毕业各奔东西才宣告结束。小亮进了一所中等职业学校。他告诉我，他最怕的，是在"情况更复杂"的职高继续遭遇霸凌。

在学校里，孩子外貌条件不好、学业成绩不佳、家庭经济条件差等情况都易使其遭遇校园霸凌。同时，孩子身上的某些性格特质也会被霸凌者盯上。犯罪心理学专家李玫瑾教授认为，一些孩子身上具备着"被欺凌"的因子，在校园中极易受到不公平的对待，比如，性格孤僻、不合群，或者性格过于柔弱、胆小，以及家庭不完整，身处单亲家庭。

《中国青年报》就这方面话题采访过心理咨询师严艺家和贾洪武。

有一种观点认为，在校园霸凌事件中，欺凌者一定察觉到了被欺凌者心中那种被强烈抑制的攻击性。严艺家表示，这个观点具有一定的合理性，"从精神分析发展心理学的角度看，'不闹脾气'可能意味着孩子在成长过程中没有很多空间去学习建设性地表达内心，包括攻击性在内的负面情绪，而欺凌者往往习惯用破坏性方式去表达攻击性及负面情感"。在后者的眼中，前者就像"小绵羊"一般好欺负。

严艺家认为，具有以下三种特质的孩子更容易成为被欺凌对象：一是在肯定的声音中长大，父母往往会夸赞其“好带”“不怎么发脾气”；二是习惯被安排生活，缺乏独立做主和说“不”的能力；三是身心常年遭遇粗暴对待，渐渐习惯被持续侵入身心边界的体验，并在人际关系中无意识复制这种关系。

在心理咨询过程中，湖北省心理卫生协会理事贾洪武曾接触过不少遭遇校园欺凌的孩子，其中一部分有抑制自己攻击性的倾向。

贾洪武认为，有的孩子接受了“反暴力”教育，但不明白该在他人侵犯到何种界限时反击。他曾开导过一个信奉“和平主义”的孩子，这个小孩在学校经常被恶意骚扰，却因为“道德感”不愿以激烈的方式反击。接受心理咨询后，孩子激烈地反抗了一次，才让自己脱困。

“还有的孩子，家庭条件不太好，或是留守儿童、离异家庭子女，认为自己无法获得良好的保护，不愿与人起冲突。”贾洪武说。这让孩子养成了讨好他人、回避矛盾的性格，遭受欺凌后甚至抗拒、害怕与人交往。

然而，贾洪武不认为被欺凌和抑制攻击性倾向之间存在必然联系，因为遭受欺凌的孩子也有没有压抑攻击性的，只是他们没有反击成功的能力。在贾洪武看来，遭受欺凌的孩子大多具备三个特征：缺乏良好的人际关系、发育较晚以及无法及时得到家庭的援助。其中，人际关系是最主要的因素。贾洪武曾见过一个小学时期多次转学的小孩，因为有些“土气”，常被欺负。欺凌者人多势众，他不敢反抗；作为转校生，他与其他孩子不熟悉、没有交情，也没有人站出来制止欺凌。

除此以外，身患残疾尤其是智力残疾的孩子，也常常是校园霸凌的受害者。一位母亲告诉我，她的脑瘫女儿小芳，从小学到初中按照九年制义务教育的要求“随班就读”。虽然小芳的成绩还算跟得上，但一瘸一拐的走路姿态时时让人侧目，所以她很担心女儿在学校被人欺负。虽然班主任老师专门跟同学们说过，要关心尊重身患残疾的同学，但年级里还是有人盯上了小芳——其他班的几个女孩子，常常在教学楼的走廊上拦住小芳，嘲弄她一通之后，用手重重地拍她的头，说是给她“治病”。好几次，她们把小芳关进厕所蹲格的狭小空间里，任凭小芳哭着哀求，用力拍门……为了保护女儿，小芳妈妈决定辞职陪着她上学。

“是的，我就坐在教室的最后一排……我陪着女儿上厕所，那些学生时不时忌惮地看我几眼。”

再看看那些霸凌者。很多人会误以为他们平时就是一群喜欢惹是生非的“坏学生”，但事实并非如此。他们当中，有一小部分的确是班级里有名的“小霸王”，或者是小小年纪就“操社会”的“小混混”，但大部分就是平日看上去普普通通的“学生仔”：有的是长相漂亮、打扮入时的女孩子，有的甚至是学习成绩名列前茅的班干部。在我采访到的一起校园霸凌事件里，带领四个高大男生，把一个平时“看不顺眼”的同学鼻梁打断、牙齿打落的，正是这个班的班长。这个高一年级的班长，从小学到高中一路保送。他是父母和学校的骄傲，也在同学当中享有极高的威信——有“兄弟伙”在外面吃饭遇到了事，大家也请他前去“摆平”。正因如此，他在同学当中几乎“说一不二”“指哪打哪”，“谁得罪了他，没有任何辩驳的机会，只能等着挨整”。

二

破碎的世界

20 岁的小新究竟在广东的哪个地方打工，她的家人严守秘密。赣中某个风气保守的小镇，小新的父母承受着很大的“舆论压力”。镇上的人都知道，小新 15 岁就出去“卖”了，而后还被警察抓到，初中没毕业就跑去广东打工。

小新的家人说：“这个女娃是被同学带坏的，那些人把她欺负惨了。”

镇上的人都不相信，“有前科”的小新在广东做的是“正经事”。事实上，从小新 16 岁前往广东某市开始，所从事的都是普通打工者的工作，先是去了一个电子厂的流水线，在那里和一群聋哑人做同事，之后到一个海鲜酒楼当服务员，现在和大她 15 岁的男朋友一起，在城乡接合部经营一家超市。

小新最痛恨校园霸凌，近段时间她关注到不少与此相关的恶性案件，比如“邯郸初中生杀人案”。“看到这些，我恨得牙齿都要咬碎了。我自己就是校园霸凌的受害者，并且因此几乎毁掉了一生。如果没有遭遇恶魔，我的人生应该是另一番景象。”

几个月前，我以个人名义在社交平台发出“寻找校园霸凌亲历者”的启事，小新是第一个找到我的。谈起往事，小新是个极其主动并毫不避讳的讲述者。“我有故事，有空好好聊聊，也欢迎你到某地来。”小新对我说。借着一次旅游的机会，我真的去了广东某市，小新甚至在火车站接我。她是个瘦削的女孩，有一张清秀的脸，表情柔和温顺，额头留着一排厚厚的刘海。她带着我去了她和男朋友经营的超市——这几乎是方圆一公里以内唯一的超市，除此，周围都是五金批发部、小饭馆、货车站、城中村以及大片荒地土堆。超市大约60平方米，不断有人上门买烟买啤酒买零食。小新的男朋友在收银台忙碌着，小新拉着我坐在超市的一个角落里，讲起了她的故事。

小新曾经是个成绩很好的女生。她的手机里，还保存着她在小学和初一时获得的“三好学生”“学习小明星”等数张奖状的图片。这些东西，是她珍贵的回忆。小新的家庭条件不好，父亲外出打工，母亲留在家里照顾瘫痪的祖母，年幼的小新也要帮着做家务。家里那时最骄傲的，是小新的好成绩，她的母亲逢人就说：“我家妹子，将来一定要考个名牌大学。”父母等待着她有一天出人头地。

女孩子长大了，总会喜欢偶像明星，小新也不例外。但极其节约的母亲是不可能允许她花钱"追星"的，再加上小新几乎没有什么零花钱，所以当别的女孩拿出各式各样明星"周边"的时候，她只能羡慕地站在一旁看着。初二上学期快结束的时候，班里转来一个从大城市来的女生。关于这个女生的来历，传闻很多，有的说她因为恋爱堕胎被原先的学校开除，被迫转学来到县城；有的说她父亲是个大老板，拿了大笔的钱到县里投资，她跟着父亲来了；有的说她父母离婚了，她随母亲回老家来到这里……不论真相如何，这个被唤作"梅姐"的女生，一身时髦，甚至还烫着最前卫的卷发，在班主任的三令五申之下，才到理发店去剪了一个"学生头"。没过多久，梅姐身边就聚集了六七个平时热衷于"追星"和"二次元"的女生——据说，梅姐有渠道搞来最新的周边、最便宜的演唱会或见面会门票，还能第一时间得到动漫展的信息。初二下学期，梅姐和小新是同桌，因为考试时梅姐常常抄小新的答案蒙混过关，作为答谢，梅姐给了小新一些明星周边，包括扭蛋和明信片。之后的暑假，梅姐带着小新等人，坐着高铁去了广州，在那里参加一个"爱豆"的"粉丝见面会"。这次出门，小新骗母亲自己去广州参加一个竞赛培训活动，母亲咬牙给小新出了路费。小新也在心里告诉自己，这是第一次也是最后一次，为了看明星欺骗母亲。但噩梦也从这次

“见面会”开始。回县城的路上，梅姐告诉小新，她需要把见面会的钱还给她，因为“她是帮大家垫的钱”。

“多少钱呀？”小新战战兢兢地问梅姐。

“1200元，给你打个折，1000元。最迟下个星期给我。”梅姐说。

可想而知，那1000元小新是绝不可能拿得出来，梅姐反复催问无果，终于在一天放学后带着几个女生拦住了她。“你说，什么时候还钱？”梅姐气势汹汹地问，那几个女生便上前推推搡搡，有一个甚至伸手扯住了小新的耳朵。

“没事，如果她实在还不出来，咱们就一块去找她爸妈要钱。”有个女生出主意。

“啊，不要不要！”小新挣扎着喊道。她晓得，这件事万万不能让母亲知道，否则母亲真的可能打断她的腿。之前，她曾因为随意要邻居送的东西，被母亲重重责打过。母亲是最要强的。

“要不，我以后都帮你写作业？”小新怯怯地问。

“不需要。我就要这1000块钱。”梅姐回答，不留半分余地，片刻，她又试探着问小新，“要不，你自己想办法挣钱还我？”

“好呀好呀！”小新连连回答。

于是，当晚梅姐和几个女生带着懵懂无知的小新，去了县里新开张的一家KTV。在这家KTV，小新被弄到包厢里“陪”几个中年男客，有人逼着她喝酒，有人趁机动手动脚，未经世事的小新被吓得当场大声哭叫，结果被气恼的经理赶了出去。第二天中午，小新就被梅姐和几个女生围堵在教学楼三层的楼梯拐角处，狠狠打了一顿，小手指甚至骨折，肿得老高。“她们说，如果我不老老实实还钱，就把我的头发全都扯下来。”小新只好屈服。一个星期后，她在晚自习时间被带到了离学校约莫两站地的一个商务酒店，那里有梅姐事先约好的一个男人在房间等着。“那晚，那个三十多岁的男人动作很粗暴，他一开始就拼命掐我，我疼得一边反抗一边大叫，最终他因为身体原因未遂。”之后，小新坚决拒绝再干“这样的工作”，表示以后“想办法慢慢还钱”。梅姐和几个女生压根儿不放过她，几乎每天都设法拦截她，然后殴打侮辱，甚至把她的胸部抓得满是伤痕。

最后一次，她们强行押着她，去另一个酒店“卖身还债”。也不知是不是酒店的服务员看到这几个学生模样的女孩和那个四十岁出头的壮汉之间的怪异表现，有人报了警，警察在房间里扣下了小新和她正在“服务”的男人。小新的母亲被叫到派出所，“小新卖淫被抓”的传闻也不胫而走。母亲的痛骂暴打，学校师生的轻蔑鄙视，邻居熟人的议论纷纷，让小新再也没法在家乡待下去，只能以打工的名义出走他乡。

“她们毁了我一辈子，我永远都不会原谅这群魔鬼。”小新说。

“那你知道梅姐她们后来的情况吗？”我问道。

“我出事以后，梅姐被拘留了几天，然后被送进了专门学校，之后就不知道她的消息了。也有人讲，她已经犯大事进去了，判了好几年。而其他几个女生，有一个据说考上了名牌大学。”

最近，今日头条、澎湃新闻、奔流新闻等也频频曝出与女性受害者相关的“校园霸凌”新闻：

——2024 年 3 月 12 日凌晨，驻马店市新蔡县一所乡镇初中宿舍楼，14 岁的可心和同班 13 岁的小丽从二楼用绳子降到一楼，随后翻墙和前来接应的三名成年男性一起开车去了县城。在县城一家简陋的宾馆，两名二十多岁的男性先后和可心发生了关系。

当被问及为何会跟年龄相差这么多的成年男性深夜外出？可心表示，自己在学校经常被欺负，“他们说可以帮我摆平”。“跟他们聊得来，可以聊一些网上很潮的东西。”

当地警方最初认定案件性质为“聚众淫乱”，后又更改为“引诱未成年人聚众淫乱”。两名涉案男子在羁押期满后获释，检方未予批捕，理由是“事实不清，证据不足”。

——“我当时就想，被她们打死，还不如自己去死。”

反复遭殴打后，14 岁的小静捡起地上的玻璃碎片，割了自己的手腕。

后来的医院诊断书显示，小静的右手腕屈肌部分断裂，颈部有多处开放性伤口，头部、面部等处受伤，伤情经鉴定构成轻伤。自 2023 年暑假以来，同班女同学阎某多次带人殴打小静，有一次还用高跟鞋的鞋跟砸击她的头顶，导致其头部缝了 3 针。小静和阎某均是湖南省长沙市某中学的初三学生。据了解，参与殴打小静的多名嫌疑人，均未满 16 岁。

2024 年 4 月 23 日深夜，警方通报称，已将嫌疑人阎某、黄某传唤到案；目前已提请检察机关提前介入，案件正在进一步侦办中。但有家长表示，由于嫌疑人未满 16 周岁，不负刑事责任，两人将被送往专门学校接受矫治教育。

——2024 年 5 月，在鄂尔多斯市，年仅 17 岁的女孩小玲在遭受同学霸凌后，不仅身心受到重创，更在转学后遭遇施暴者家长的恶意举报，面临失学的困境。这一事件不仅揭示了校园霸凌的恶劣影响，也暴露了部分家长和教育部门在处理此类事件时的失职与纵容。

中学校园的女孩们，本该如玉兰花一般娇嫩纯洁，所作所为何时变得如此令人发指？青少年之间的欺凌又何以如此水深火热？

贵州省第二人民医院妇女精神卫生科主治医师张芷馨认

为，道德素质低下和一定程度的心理扭曲是霸凌行为施暴者的共同特征，他们会想尽办法在身体上或心理上欺凌无辜受害者，但重复性霸凌行为的施暴者与一次性霸凌行为的施暴者在行为心理上存在一定差别：前者的主观恶性更加明显，他们试图反复将敏感、冲动、愤怒等发泄在受害者身上，以此来得到心理上的满足；后者则往往是在报复欲和羞耻心的推动下表现出来的行为失控，进而对无辜者造成伤害。

张芷馨还认为，霸凌会对被霸凌者的心理造成长远的影响，成年后心理健康状况往往较差，他们很难从被霸凌的痛苦中走出来。被霸凌者发生抑郁、焦虑的风险比未受霸凌者高 5 倍，自杀风险更是未受霸凌者的 10 倍。

夜深，17 岁的小刚再一次偷偷摸摸爬上顶楼的天台。

他一直觉得，从 23 层飞身跃下，就像一片早想摆脱束缚的秋叶从枝头落下，很美很轻松。他站到天台边沿，在这里可以鸟瞰整座城市的万家灯火。如果有人“恐高”，站在这里，则会立时浑身战栗——因为一不小心坠下，会粉身碎骨。是的，粉身碎骨。父亲不止一次告诫小刚，跳楼很痛苦，死状很惨，如果掉下去的过程中被什么东西挡一下，落到地上摔成个残废，就会求生不得，求死不能。但小刚深信自己能够轻轻松松得偿所愿。他深吸一口气，张开双臂——他的左手手腕有着数道长短不一的伤疤，这是水果刀和铅笔刀留下的痕迹。也就是这时，他被一把拽了下来，父亲老陈再次及时赶到。就像多年前揣着妻子的救命钱坐一辆极其拥挤的公交车，老陈的手一直抚在腰间，那个缝制在衣服里的内袋有沉甸甸的一沓，万万不能有闪失。唯一的儿子也不能再有闪失。自从小刚第二次割手腕，老陈就紧紧盯着儿子的一举一动，甚至在客厅和儿子的卧室都偷偷装上了监控。这位年过半百的父亲，每天晚上几乎只睡四五个钟头。他会时不时醒来，查看隔壁房间的监控，以便随时发现儿子的异动，就像这一次。

"孩子九岁的时候，他妈妈就去世了，这么多年，我一个人带孩子。摸着良心讲，我真的想做一个称职的父亲，但没有想到，孩子还是一步步走到今天的状态。"老陈对我说。他始终低垂着头，话语间时不时夹杂着沉重的叹息。他摸出一支烟，刚想点着，却看我刻意把椅子往一旁挪了挪，便又把那支烟收了回去。

老陈记得，小刚念初一不久，有一个周末回家，就突然提出想转学，从现在就读的重点初中转到离家不远的普通中学。小刚小心翼翼说出自己的诉求，他却勃然大怒——"小升初"是一道极难的关卡，住家附近没有好学校，小刚也没有考上好初中，他"求爷爷告奶奶"花了大价钱才把孩子送进“好学校”。在这个“好学校”里，小刚就读的是“平行班”，与小亮读的“业主班”一样，属于层级最低的班。那个班上，汇集着脾性各异的少年，大部分人“读不得书”。

“你这个娃儿，怎么这么不懂事！”老陈一顿训斥。

后来，小刚周末回家几乎都心事重重，返校时常常哭闹，而且生活费花得特别快。有一次，小刚中午突然给老陈打电话，情绪很激动，大声指责老陈买的苹果中间都是烂的，自己吃完了才发现，如果因此拉肚子，就可以很快回家了。为了生活忙碌不休的老陈，并没有把这些异样放在心上，直到小刚在学校被同学硬生生打断双臂。

刚开始，班主任告诉老陈，小刚受伤是因为和班里的同学打架斗殴，一不小心摔断的。他责问儿子，儿子却哭着不愿说更多。老陈在学校处理这件事时，有几个同学悄悄告诉他，小刚没有和同学打架斗殴，他平时在班里特别老实。他的手臂是被四个男生拿木棍硬生生打折的。

“从同学那里听到真相，我的脑袋立时嗡地叫了一声。我立刻跑到孩子跟前，摇晃着他，大吼着要他亲口告诉我，到底是怎么回事。”

在老陈的咆哮中，小刚断断续续讲了他连续遭受一年多校园霸凌的事实。那四个人——包括他的邻座和班里的学习委员，从他上初一不久就盯上了他。他们觉得他“像个娘儿们，没有一点脾气”。他们拉着他去学校的小卖部“请客”，让他“帮忙”写作业，不开心就捉弄他取乐，还曾经带着他到一个垃圾桶旁边，让他像狗一样“吃垃圾”……但这所有的一切，小刚之前都不曾吐露，老陈也几乎没有觉察。

在小刚的心里，老陈脾气暴躁，很难沟通。想在父亲那里寻求保护和安慰，几乎不可能。就像那次他被同学灌了垃圾，连续数天恶心呕吐，父亲一边买药给他，一边责骂他“这么大的人了，还照顾不好自己”。

最近这次，是因为小刚拒绝在数学考试上传纸条给坐在后排的男生——“霸凌四人组”的头目。考试结束后不久，他便遭到了毒打。擀面杖粗细的木棍，是他们从楼下拿上来的。小刚被暴打的事，很多同学目睹……

老陈一度想把那几个孩子打残，但被亲戚朋友还有学校老师给拉住了，“为了孩子，你得忍住！”

事后，小刚接受了为期三个月的治疗，之后转学。殴打他的同学，都被学校处分，家长也赔偿了近十万元医药费。但从初三开始，小刚就出现了严重的抑郁情形，初中毕业便在家休养，其间多次自杀未遂。

“我这个孩子，基本毁了。”老陈反复念叨着这句话。

与小刚一样，因为长期遭受霸凌，数年前，17 岁的职高生小林最终选择了跳河自杀。小林是家中的独子，父母唯一的希望。他的逝去，让整个家庭彻底崩溃。小林父亲一夜白头，母亲则精神失常，最严重的时候，不能下楼，不能见光。

无独有偶，15 岁的小黄当年也是溺水而亡，警方给出的结论是“非他杀”。小黄溺水的地方是一条深约 2 米的沟渠，那个地方附近没有监控。小黄的母亲任大姐，一直怀疑着儿子的死因。她固执地认为，小黄的溺水并非偶然，因为孩子一直被班里的几个男生欺负。她曾为此多次找到学校，但每次都不了了之，那些同学还变本加厉；而且，当时有人看见，小黄是跟着那几个人去到沟渠边的。“好端端的去郊外干吗？我的儿子是被那几个畜生扔进沟里淹死的！”任大姐逢人就说。但说归说，事实如何还得拿出证据，久而久之，任大姐被亲戚朋友、领导同事当作了“祥林嫂”。七年来，任大姐坐卧难安，她眼睁睁看着那几个“小畜生”考进高中又读了大学，如今一个个前程似锦。每年清明，她都到自己儿子的坟头哭得两眼红肿。就在去年，任大姐的丈夫也因病去世了，六十岁都不到。

将近半年的走访，听过太多校园霸凌受害者及其家人的讲述，我有一个疑问：为什么绝大多数人不愿诉诸法律讨回公道？为什么大家更愿意去私了？

律师李川薇告诉我，曾有一个愤怒的父亲带着儿子来找她——这个十来岁的小男孩被人给猥亵了，他要告那个人。

但过了一段时间，这位父亲对李川薇说，还是不告了，双方私了，毕竟这种事传出去对孩子不好。

校园霸凌同样涉及孩子隐私，在没有出现重大伤害或命案使得司法力量必须介入前，“家丑不可外扬”，对学校对家庭都是如此。

三

天生坏种？

有人说，一些在校园霸凌中存在重大伤害甚至杀人罪行的加害者，天生骨子里就带着暴力基因，有的人甚至患有传说中极具暴虐色彩的“超雄体综合征”。

现代医学认为，超雄体综合征系染色体数为 47 条，性染色体为 XYY，常染色体正常的疾病。超雄体综合征在男婴中的发生率为 1 ∶ 900。越来越多的事实表明，“超雄体综合征”属于先天性的基因缺陷，暴躁凶狠，无法自控且极具危险性，与暴力犯罪密切关联。

2023 年夏天，李女士拿到了儿子小景的染色体检查结果，果然是 XYY，小景真的患有“超雄体综合征”。这样的结论在李女士的预料之中，她仰起头，长长地舒了一口气——如此这般，终于不全然是众人口中的“父母教不好”。

我听过李女士无奈的讲述，显然能够理解她作为母亲，此刻的如释重负以及其后漫漫的如履薄冰。

2008年出生的小景，天生就患有严重的尿道下裂，手术效果不尽如人意，因此他需要像女孩一样蹲着小便。入读幼儿园时，李女士曾担心孩子因为这个缺陷受欺负。事实证明，小景不但没有受欺负，而且还会主动欺负其他孩子。在幼儿园，他不止一次将其他孩子推倒在厕所里，也常常在其他孩子的脸上、身上留下抓痕。小景接连换了三个幼儿园，在李女士一次次的哀求下，孩子总算挨到了“义务教育阶段”。但小景在小学依然频繁欺负、殴打同学。且不说老师和家长的责难，作为一个二线城市的普通打工者，李女士和丈夫单是被接连而至的赔款就弄得苦不堪言，“最厉害的一次，小景用杀虫剂喷了同学的眼睛，虽然最后没落下残疾，但我们前前后后赔了三万多元医药费”。在李女士的眼里，小景日常的表现令她时时胆战心惊。比如，小景特别喜欢虐待小动物，他笑着把买来的金鱼一条条拿来活体解剖，掏出内脏喂给花台里的蚂蚁；他在乡下外婆家里玩，把小鸡拿在手里来回倒腾，饶有兴味地看着小鸡慢慢死去……后来一个偶然的机会，李女士听说了“超雄体综合征”，而小景的所有表现似乎都与之相吻合，最终医学检测也证明了李女士的猜测。

“我现在最担心的，是这个孩子因为身体里的这个坏基因，而走上犯罪道路。”李女士说。

采访中，一位不愿具名的派出所所长告诉我，虽然“领导”

一直强调对未成年人违法"要适当留一线""要给年轻人多留希望，让他们改过自新"，但他却坚信"小时看老"，"虽然这个说法不一定十分准确，但在我这里留下案底的二十岁上下的小青年，扒扒他们的过往，那一个个都是在学校干过坏事的。"

这位在基层工作多年的民警告诉我，许多犯下入室抢劫、故意伤人等重罪的人，在少年时期就有种种劣迹。他们是校园里敲诈勒索、暴力伤害同学的霸凌者，因为反复教育无效、法律未能及时严惩，最终在成年后犯下不可饶恕的罪行。他数年前做反扒工作时，曾抓获一个活跃在闹市、恶名昭著的盗窃团伙头目，虽然年仅 19 岁，却早已劣迹斑斑。这个人的盗窃金额以及其中夹杂的抢劫、故意伤人行为，足以被判处十年以上有期徒刑。团伙成员交代，这个头目常常肆意体罚手下，且手段很是残忍：团伙里一个 16 岁的少年，因为频频失手，被他拿点燃的烟头烫后背，少年疼得号叫告饶，他也不曾手软；另一个 24 岁的"老把式"，因为拒绝交出偷盗所得的"分成"，被他伙同两个"兄弟"按在水泥地上一顿打，然后灌进半瓶二锅头，险些要了命。民警深入社区调查时，很多人都指出，那个头目在学校的时候就是个恶名昭著的霸凌者，不要说同学，连班主任看到他凶悍的眼神都得退避三舍。

这位派出所所长还告诉我，现在到单位入职，一般情况下都要开具“无犯罪记录证明”，而这一纸证明，不会显示十八岁以前的违法情况，一个重要的理由是为了保护未成年人。这样的设计，初衷是好的，但不可忽视的是，对于一些“小恶魔”来说，却恰好起到了掩护作用——瞧，不论我以前做了什么，都可以说年少无知，长大成人一切从零开始，多好呀！与其这样，还不如从小作恶。我们不能忽视的是，尘封的档案里，记载着一些未成年人犹如魔鬼横行人间的种种罪行，伤人、抢劫、强奸、故意杀人，不一而足。

多年前，辽宁发生过一起恶性案件，在长达五年的时间里，兽父性侵亲生女儿甚至生下一个孩子，被捕后对警方声称“就是玩玩”。而兽父孟某，早年在校园里就是一个“声名赫赫”的霸凌者。当年，孟某上学以后就属于班级中最矮的那个，在人群中一眼望去就属于“软柿子”。但是家庭的优渥，让他在自卑的同时，却成为了霸凌者——他常常拿着自己的零花钱，哄着身材高大的同学去打别人。敢在他面前戳他痛处的，在对方被制服后，他更是出手狠辣。以至于几十年过去了，当时的同学还记得小学时有一个凶狠的矮个子，在校园里恨不得横着走。

“要我讲，人之初，性本恶。”72岁的罗奶奶，总是忘不了那群手里捏着铁头皮带的十四五岁的少男少女。特殊的年代里，他们变着花样折磨校长、老师和看不顺眼的同学。她当数学老师的父亲，被教过的学生逼得连连磕头下跪；母亲被这群半大的孩子剃了一个“阴阳头”，还在脸上胡乱涂抹颜料。最后，她的父母双双自杀。

“这些行为，就是性本恶的集中爆发，法律和警察却暂时拿他们没有办法。”罗奶奶颤颤地对我说，“你看现在学校里的那些坏人坏事。小孩子会作恶，而且程度是大人无法想象的。”

李川薇认为，发达的互联网、形形色色的内容平台和社交媒体、五花八门的游戏和小视频，无孔不入、良莠不齐的庞杂信息，也是催着未成年人早熟，并且出现越来越多校园霸凌恶性案件的重要原因。甚至不少平台悄无声息地把暴力内容推送给未成年人。

“要知道，恶一定是一点点累加的，从小恶到大恶。如果没有从模仿到实践的这段过程，孩子不可能在一夕之间做出伤害甚至杀人的举动。要知道，普通的成年人，让他一下子面对血淋淋的场景，他都会战栗，更不要说亲自动手。”李川薇说。

就像邯郸初中生杀人案，三个凶手都喜欢玩手机游戏——如今留守儿童普遍都有智能手机，游戏和视频时时陪伴着孤独的他们。智能手机代替了缺位的父母，或者说心怀愧疚的父母用手机作为补偿。值得关注的是，手机里的“杀戮”，只会让观看的未成年人感到痛快，而不会让他们切身体会到受害者从肉体到精神所遭受的痛苦。其实，关于邯郸初中生杀人案，许多人也很想知道，那三个小恶魔平常玩什么游戏，看什么样的视频？这个“杀人小组”，究竟从中模仿和学到了什么？我们能不能就此进行调查研究——这三个凶手，究竟是全国初中生当中的“异类”，还是和大家都差不多，只是“普通的孩子”？或许从这三个凶手开始，我们可以去深入挖掘更多东西。

那些怀揣作恶之心的未成年人还透过网络知道，“国家要保护未成年人”“十四岁以下杀了人都不判刑”……网剧《隐秘的角落》里，有一句台词让人不寒而栗：“就算我真的杀了人，我不满十四岁，那怎么样？”在广西，一位中学老师告诉我，他的班里就有一个小恶魔把这句话记住了，那个男生长期隐秘霸凌另一个同学，“底线就是不要打死他”。一年多前，这个小恶魔在校外把同学打成脑震荡，闯下了大祸，“处理结果倒也不重，霸凌者被送进了一个专门学校”。

我们的社会高度重视教育和儿童，谨慎地对待和管理关于青少年的各种信息。就像当下在校园里高发的学生“抑郁症”，网上常见“中小学生自杀”的帖子，却极少有官方报道来佐证。因为，我们从“保护未成年人”的角度，认为自杀和犯罪事件可能会引来效仿，所以尽量不去公开。实际上，如今的未成年人几乎都“玩转”智能手机，他们可以从各种平台得到各类信息，包括成年人社会想要努力屏蔽的一切。他们甚至悄悄构建了自己的“社会”，而成年人却还认为他们仅仅是“小孩子”。

“知乎”上一位“答友”认为，未成年人犯罪的本质是“威慑失效”。威慑失效的原因是移动互联网的出现抹去了成年人和未成年人之间的信息差。在桌面互联网时代，互联网的核心功能是搜索。虽然各种流氓软件也试图通过弹窗进行内容的推送，但是很难做到个性化推送，而使用搜索引擎是有门槛的。因此在桌面互联网时代，对于不学无术的潜在未成年罪犯，充分了解并知晓国家对于未成年人犯罪的“宽容刑法”，是比较困难的。然而现在是移动互联网时代，移动互联网的核心要义之一是“推送”。那些居心叵测的未成年人甚至不需要刻意查找信息，各种 App 都会将类似“邯郸初中生杀人案”这种全国瞩目的重大刑事案件的相关信息推送给他们。他们可以轻而易举地从推送的法律专家的发言和网民的评论中，了解到未成年人“杀人究竟犯不犯法”。这就陷入了一个恶性循环——每一次这种未成年人恶性犯罪引发全国的普遍关注，就会让更多的未成年人充分了解自己“杀人不用枪毙”甚至“不用坐牢”的事实。这位“答友”也提出了自己的“建议”，“打破这一循环的办法，就是处决未成年罪犯。当然还有一种治标不治本的办法，那就是当中国开始不断地限制未成年人打游戏的时候，欧美一些国家开始限制未成年人使用社交媒体……”

更让人惊叹的是，有的未成年人不但从网络汲取暴力毒素，更是利用网络直接害人。

据《南方周末》、“顶端新闻”等报道，河南新郑三中历史老师刘韩博，疫情期间给学生上网课时，遭遇陌生人“入侵”课堂捣乱。网课的直播录屏显示，先是几名未明身份者闯入课堂，循环播放着嘈杂的电音神曲，此后还在共享屏幕上连续打出一长串杂乱的辱骂。十多天内，刘韩博的课堂三次遭遇“爆破”。刘韩博的丈夫当时在外地工作，两天里一直没打通妻子的电话。2022 年 10 月 31 日早晨八点多，刘韩博被保安发现时已无生命迹象。不久，新郑市教育局发布情况通报，呼吁相关部门“严厉打击网络暴力网络违法犯罪行为”。

2024 年 4 月 25 日，新郑市公安局专案组一位负责人向媒体透露，公安部门在 7 个省份锁定了 11 名嫌疑人，其中 2 名是 18 岁以上的成年人，1 名为 16 至 18 岁之间的未成年人，其余 8 人年龄在 16 岁以下。检察机关已正式受理该案，进入审查起诉阶段。

尤其值得关注的是，校园霸凌常常不是一个人的行为，它是一群人的邪恶聚会，甚至是一群人对一个人有计划地犯罪。

"是呀，那些未成年人悄悄在学校里构建起了自己的社交网络，而霸凌者也常常以团伙的形式出现。"四川遂宁的一位中学班主任告诉我。执教二十多年来，他见识过多起校园霸凌事件，也从中掌握了校园霸凌的许多特点和规律。

他曾任教的班级，发生过一起严重的女生群殴事件。仅仅因"不讲卫生""长得难看"，1个瘦小的女生就被6名女生堵在水房里围殴——她们抓扯着受害女生的长发，每个人都轮流上前打她的脸，再踢她一脚。被打女生痛苦地哀求，施暴的女生们嘻嘻哈哈，水房里还有许多围观者，为霸凌者的行为叫好。这场暴行直到这位老师接到消息匆匆赶来才停止，受害女生此时已经伤痕累累，头发也被扯掉了一小撮。被打女生13岁，是初一学生；打人的6名女生有4个是本班学生，另外2个是同年级其他班的。这6个女生中都不到14岁。同学们都反映，这6个人关系特别铁，号称"六姊妹"，常常一块儿"对付那些她们看不惯的人"。

在我私下采访到的校园霸凌事件里，霸凌者也都结成一个个小团伙，少则三四人，多则七八人甚至十来个人。就连罹患"超雄综合征"的小景，身边也有好几个忠实的"跟随者"，以至于他每次出手，都有人跟他一块儿"行动"。

为什么校园霸凌往往存在一群“加害者”？

这是因为，从心理学的角度讲，少年的“友谊结盟”，多半是从“好恶结盟”开始的。因为“厌恶”共同的事物，则更容易走在一起。这种时候，是不分是非、不讲道理的，甚至，少年们还会热衷抢风头，以暴力赢得周边的更多“尊重”。所以，这就能理解，为何因为“看不顺眼”“他很胖”“他成绩很差”“他太难看了”等无关痛痒的小事，能引发众人刻意放大受害者的弱点，然后群起而攻之。当然，孩子们也不傻，他们只会围殴比自己弱的人。不得不承认，“欺软怕硬”的劣根性，在人类中不分老少。然而，与成人世界江湖式的博弈相比，校园霸凌因主体都是未成年学生，一般会被人们忽视，它更容易在暗处发生。事实上，复盘每一起校园霸凌事件的细节，无论是被媒体公开的，还是默默私了的，都会令人感叹：恶是不分年龄的。

所以，那些动不动就说“小孩子不懂事，教育教育就好了”的人，他们的观点，事实上是站不住脚的。回到校园霸凌的治理上，还是应该回归法理。也只有如此，才能让少年们清楚，自己该干什么，不该干什么。而过分的保护机制，不仅会让家长对孩子的霸凌恶行满不在乎，同时也会放任孩子更加冷酷凶恶。其实，要不是邯郸初中生杀人案等恶性案件的公开报道，我们很难想象，少年也能如此之残暴。

在“群体霸凌”中，总有个作恶的“老大”，而“老大”往往也是校园霸凌的始作俑者和策划者。

就像邯郸初中生杀人案，在废弃大棚作案的缜密方案是谁最先提出的？被害者微信零钱转到了谁的手机里？那个案发后说谎支开警察的少年，具有多么强大的心理素质，他是不是这起凶案中的主犯？

就像我采访过的小新，她所遭遇的梅姐，小小年纪却与社会上的三教九流有着极其复杂的关系，从明星周边到偶像见面会，她一步步下套让单纯少女小新落入陷阱，又组织一帮女生对小新百般凌虐。梅姐这样的未成年少女，身上带着显而易见的“黑恶”特征。

小鹏记得许多细节。当初霸凌他的“打狗队”的领头人是个瘦高的男生，他有一双眯缝的眼睛，透着精光，仿佛能一眼看穿被霸凌者内心的恐惧。这个男生也知道，什么样的“刑具”招呼到身上会产生什么样的效果，“那个藤条可扎人了，抽一下子，身上能起一串水泡，又痒又疼”。“这个是大青虫，趴在皮肤上，够恶心的。”“让他把地上那摊水喝了，看他还嘴硬不？”据说，那个领头的男生读完初中就开始“混社会”，小小年纪因为打架斗殴已经“进过局子”。

事实已表明，霸凌者头目长大走上“邪路”的可能性极大。

但在霸凌者团队中，并不是每个人都十恶不赦。有的人并不动手，仅仅扮演着“见证者”和“撑腰者”的角色，是“校园霸凌”恶性案件的“从犯”。关于这些“霸凌帮凶”，有关研究认为，他们的行为背后隐藏着三个心理机制：

一是罪恶共享。霸凌群体通过一起伤害某个同学，由此找到共同话题，获得彼此的认可。凌虐同学，是体现霸凌群体凝聚力和团结力的方式，是让整个群体减轻焦虑和压力的出口。

二是从众心理。集体里的其他人都这么做，那么为了不被排斥，“我”也要做一样的事，有时候这种行为甚至是无意识的。

三是认知行为失调。当我们的行为和思想有矛盾时，为了减轻自己的心理负担，我们往往会选择改变更容易改变的观念，合理化我们的行为。在校园霸凌中，只要从众伤害过某个同学，他在潜意识里就会相信：自己这么做是没有错的，那个人之所以被欺负，完全是自作自受。

欺凌现象最初的行为受着罪恶共享和从众心理的驱动。当加害者的行为越来越多，便会越发相信自己行为的合理性、正确性，这便是认知行为失调。加害者接着会对其他不符合自己价值体系的行为进行抨击，从而催生出更多旁观者转化为加害者。

加害者，亦可能是受害者。《半岛晨报》等媒体曾报道一起甘肃13岁男孩杀害8岁女孩的恶性案件。这个手段残忍的凶手，据调查了解，他的犯罪动机是因为被母亲打骂，继而仇恨女性、想要杀女性泄愤。除此以外，他还是一名校园霸凌的受害者，屡屡被同学欺负，甚至被强行往口中塞入大便，也因此被冠以"喂大便"的绰号。杀害比自己小几岁的女孩，很可能是他长期作为被欺凌者的情绪倾泻方式。

那个带头欺负小鹏的男孩，他的父亲惯于家暴，他和母亲都是家暴的受害者。父亲施暴时的残忍凶狠，不知不觉刻在了孩子心里，并让孩子渐渐变为一个顽劣冷酷的霸凌者。

在我的采访对象中，还有一个15岁上初三的"大姐大"。小学六年级，她曾被几个同年级的女生长期欺凌，甚至只能依靠在校外谈个强壮的"男朋友"来寻求庇护——一如那个为避免霸凌而与两个男人发生关系的女生。后来，这个女孩念初中，有丰富"男女经验"的她，转身变成班级"大姐大"，成为校园霸凌的新头目。

四

旁观者？

纵容者！

容易被忽略的是，霸凌者与被霸凌者之间，还存在着一个重要的角色——旁观者。家长、老师、同学，甚至未能跟上现实脚步的法律，都可能成为这个角色。漠视、放任、推脱、观望……都在无意中助长了霸凌者的气焰，逼迫着被霸凌者步步后退，直至坠入深渊。这样的角色，我们似乎也可以称其为“纵容者”。

在我看来，邯郸初中生杀人案，那个被掩埋在废弃大棚里的被害者小光，他的父母也有着不可推卸的责任。

留守少年小光是个懂事的孩子，就在案发前的几天，他还在视频里帮爷爷奶奶卖苹果。父母早早离开，小光在爷爷奶奶身边长大，性格里不知不觉就有了缺失。李玫瑾教授曾说，孩子在幼龄时需要心理抚养。父母早期全心全意的爱与陪伴，是孩子获得安全感的保障，他才会成为一个有安全感、不自卑、有力量的人。小光性格里的缺失，或许成为三个恶魔长期霸凌他的重要原因。他们知道，他没有父母在身后维护，他怕给爷爷奶奶惹事，他内向怯懦，不敢对他们说“不”。是的，如果小光身边一直有父母，他有依仗有底气，他会拒绝会反击，不会让霸凌一步步试探一步步深入，直到被残忍地夺去生命。

同样，如果这个孩子能在父母身边长大，父母再心细一点，或许就能从日常的蛛丝马迹中看出端倪：孩子为什么不肯去上学？他为什么这段时间拿到一点零钱，就会特别高兴？

三名凶手的父母，更是有着极大的罪责。他们离开年幼的孩子前往异乡，他们没有对自己的孩子尽到教养之责，他们任由孩子浸淫在游戏和视频之中，并渐渐放大人性之恶，他们没有教会孩子敬畏生命……有专家认为，在这类恶性案件中，如果父母存在监护缺失等问题，导致未成年人违法犯罪，依据法律规定，公安机关、检察院、法院可以对其父母进行训诫，并责令父母接受家庭教育指导。

我在走访中，想到几个“假如”。假如老陈脾气温和、平时常常与儿子交流，那么小刚关于吃“烂苹果”拉肚子可以回家的“期许”，老陈很容易从中发现异常；或者说事情还没有向更恶劣的方向发展之前，小刚就向老陈坦陈一切了。假如母亲不是那样“要强”“好面子”，那么小新就能第一时间主动把做错的事向她坦白，也就不会因为一张“偶像见面会”的门票而被迫早早辍学、背井离乡。假如小亮身为高级知识分子的父母，在百忙当中，除了记挂孩子成绩，还能多多观察他的情绪变化，或许小亮不会拥有一段被校园霸凌笼罩的黑色青春期。

一位网友说得犀利，“被霸凌者一般是从小被父母拿来当情绪垃圾桶的”。

溺爱的父母，也是校园霸凌的“纵容者”。

霸凌小刚的“主要人物”之一，是班里的学习委员小丰。老陈告诉我，小刚手臂被打断后，他找到那几个施暴者的父母，和他们谈赔偿问题。小丰的母亲态度很温和，老陈提出的条件，她几乎都连连点头称是，但也反复讲：“千万不要吓到我家小丰，这个孩子平时喜欢打打闹闹，但真的是胆子小。”“您提的条件我们都接受，您也跟学校说说，能不能从轻处理啊！您看，哪个小孩子不打架嘛！”小丰母亲甚至告诉老陈，这个孩子是他们家宠坏了的，脑子聪明性子急，从小一言不合就要动手打父母，但家里人都觉得孩子还小，从不与他计较——最终，小丰把暴力带进了校园，带给了同学。

在“初升高”“初中毕业分流”的大背景下，将一部分“考不上高中的人”放弃的老师，还有一门心思想着撇清干系的校领导，同样是校园霸凌的“纵容者”。

就像小刚所在的班级，是重点初中里的“平行班”，这样的班里一般都是“划片入读”的“业主孩子”以及“打招呼”进来的“关系户”，与校方想方设法“掐尖”搞来的“优生班”或“火箭班”生源相比，这些孩子就是“初升高”严峻形势下可以被放弃的那群人。小刚他们班每次考试的题目都是全年级难度最低的，老师上课很多内容不讲——因为“讲了也没用”，大部分学生“听不懂”。老师说：“这些人实在想接收更多的知识，就请到外面培训机构补课。”据说，十二个“平行班”里，有一多半的学生初中毕业将会去“职高”，从此早早踏入社会。所以，这样的班级即使存在着校园霸凌，老师们都会选择“睁一只眼，闭一只眼”。

在小刚出事之前，另一个“平行班”已有学生在校园霸凌事件中受伤，被送进了医院。校领导曾漫不经心地告诉老陈：“孩子出事的地点虽说在学校，学校会为此承担相应责任，但也不能说全是学校的问题。你看，年级里还有那么多优秀的学生，为什么就他们几个混账呢？”至于之前那个受伤的学生，因为出事地点是在校外，且时间是下午放学后，所以校方把责任推给了家长。“有同学被打住院”这件事全年级都知道，霸凌小刚的那几个孩子也知道。就在这件事发生一个月后，小刚的双臂被打断。

中等职业学校里，更是聚集着"分流"而来的初中毕业生。许多职高老师跟我讲，在这里就读的学生，前途几乎一眼可及，"从此堕入社会底层"。学生们不对自己的未来抱什么希望，老师们自然也不会上心，正是因为这样，职高生小林被校园霸凌紧紧缠绕，不断逼迫，求告无门，最终只能选择自杀这条绝路。即使如此，小林父母找到学校要求赔偿，校方也叫嚣着："你儿子假期里死在校外，跟学校有什么关系？大不了咱们打官司，看看谁输谁赢！"最终，小林父母找到当地媒体，因为害怕事情闹大，校方才答应赔偿。然而，这件事竟然成了那几个长期霸凌小林的加害者随时拿出炫耀的谈资："那个谁不是讨人嫌嘛，咱们让他跳进水里见了阎王。"

再看看那个通过霸凌手段，几乎改变了小新一生命运的梅姐，同样也是中学老师的"弃子"。"一看就是个混社会的""她在这里读了初中就走"，老师们对初来乍到的梅姐评价定格，也让梅姐笃定自己是来"捣乱的"，"我不学习也不让别人学习，我下水了也让别的女生下水"。

身为校园霸凌"纵容者"的，更有冷漠的同学。从表面上看，他们奉行着"事不关己，高高挂起"的处事原则。

就像邯郸初中生杀人案，班里有同学知道受害者平时课间常常被关进小屋，却不曾向老师反映这样的情形。就像我采访到的那些校园霸凌，被霸凌者遭几个人拉到走廊尽头或者校园某个角落，暴力进行中，却没人紧急通知老师。看看吧，更多的人，在校园霸凌中自觉选择了“冷眼旁观”。事实上，对暴力和邪恶的不声不响，甚至看“热闹”，是对校园霸凌的无声支持。一场旷日持久的校园霸凌，最后的收场，要么是受害者以各种方式被迫离开，要么是霸凌者盯上了新的目标。

电影《少年的你》，受害者胡小蝶仅仅因为是“复读生，成绩不好，在班级里没有存在感”，就被以魏莱为首的加害者盯上，从往椅子上倒红墨水，一直发展到把胡小蝶堵在厕所里发生肢体冲突。整个过程中，其他同学作为旁观者，竟无一人站出来反对或是质疑这种行为，在“冷眼旁观”中默许并助长了霸凌行为的发生和发展。

一群人欺凌一个人，其他人却坐视不管，这样的情形，在心理学上被称为“黑羊效应”——这是由黑羊、屠夫、白羊三方构成的“群体献祭仪式”。

屠夫总是要杀掉羊群中的一只羊，四下逃窜的羊群如果在白羊群体中发现了一只黑羊，奇怪的事情就发生了——白羊们会帮着屠夫追杀自己的同伴黑羊。因为，它们觉得只要有受害者出现，自己就安全了。

黑羊是受害者，屠夫是霸凌者。黑羊究竟犯下了什么错，屠夫其实往往说不出个所以然。

最大数量的白羊，目睹了部分或全部过程，却没采取任何行动。他们是人群中沉默的大多数，他们往往为了不惹祸上身，而选择了冷眼旁观。

影片中，胡小蝶跳楼自杀前绝望地质问"旁观者"陈念："他们一直在欺负我，你们为什么不做点什么？"

看吧，这些白羊是屠夫们默不作声的帮凶，也可能是压垮黑羊的最后一根稻草。

值得注意的是，黑羊、白羊、屠夫这三方角色界限并不清晰，甚至可以互相转化。比如白羊可能会为了获得更多的群体认同而加入屠夫，也可能因为群体中黑羊的离去，而被屠夫选中成为下一只黑羊。

在校园霸凌中，也有人挺身而出。

电影《第二十条》当中，霸凌者张科伙同其他几名同学在厕所里对一名男生拳打脚踢，韩雨辰发现了这一情况，并上前制止这一霸凌行径。在这个过程中，张科被韩雨辰打伤了。张科的父亲报了案，见义勇为的韩雨辰即将面临行政拘留的惩罚……

校园霸凌受害者小亮也曾告诉我，那时班里有一个女生，个头很高大，每次看见几个男生强拉硬拽着他往外走，都会亮起嗓门大声喝道："喂，你们几个干啥呀！"如果喊叫没有起作用，那个女生会立刻寻找教学楼的保安，"喂，有人要打架了！"有一次，如果不是那个女生带着保安及时赶到，几个人就要把小亮从二楼直接推下去。因为维护小亮，那个女生也常常被针对，奈何她身高接近一米八，且是个练篮球的体育生，强壮又矫健，几个相对矮小的男生还是很忌惮。

那么，面对眼前正在进行的校园霸凌，孩子们应该以怎样的方式来保护受害者？

"我们发现中国小孩会用策略性方式，扮演'聪明的小英雄'的角色。比如，假装说'老师来了，大家快跑'等。"心理学家刘俊升说。

调研中发现，在设法解救被霸凌者时，鲜少有保护行为的孩子占比 24.4%；有 6% 的孩子依赖于攻击的策略来对被霸凌者进行保护，16.2% 的孩子依赖于攻击之外的其他策略来保护他们。

刘俊升认为，"实际上，我们应该教会孩子，第一要主动去保护，第二要用合适的、有效的策略去保护，才能更好地帮助到受害者，也能更好地帮助到自己"。

还有我们的法律，应当紧紧跟上现实，并根据实际情况作出相应的调整。

回顾近几年被各大媒体公开报道的校园霸凌恶性事件，施暴者几乎都没有被重处，仅仅因为他们是“未成年人”。事实上，法律的缺失或轻率，都会让怀揣恶意之人肆无忌惮、横冲直撞。更重要的是，主观故意的伤害与年少价值观尚未形成的肆意妄为结合在一起，会形成丝毫不逊于成年罪犯，甚至有过之而无不及的残暴行为：

——2023年，湖北荆州12岁男孩将4岁女孩溺死在粪缸里。有消息称，溺杀4岁女童的男孩已正常上学。

——2024年，广东清远8岁女童在公园的厕所内，被13岁的男孩陈某性侵。当地政府3月20日发布通告称，经审查，陈某对其涉嫌强奸他人的事实供认不讳，目前陈某已被依法送至专门学校进行训诫教育。该消息还表示，警方在当晚就找到了涉事男孩，经审查认为该男孩未满14岁，情况符合其他依法不追究刑事责任的情形，故根据《中华人民共和国刑事诉讼法》第一百一十二条之规定，决定不予立案。

——2022年，甘肃8名初中生，殴打凌辱一名21岁男青年，待男青年遍体鳞伤后，打算挖坑活埋。男青年苦苦哀求，说他还想见妈妈，家里只有娘俩相依为命。8名初中生毫不理会，直接将其活埋。警方侦破此案，发出通告说将会依法制裁，可是网上未见说明具体惩戒结果。

再回顾二十多年前的一起惊天惨案。2002 年 6 月 16 日凌晨 2 时 40 分许，北京市海淀区学院路 20 号院内发生一起纵火案，致使 25 人死亡、12 人不同程度受伤。根据公安机关的调查，4 名纵火者均为未成年人，因与网吧服务员起纠纷而进行报复。在纵火者中，两名被判处无期徒刑，一名被判处有期徒刑十二年，一名因不满 14 岁而免于刑事责任。

在诸多因素的共同作用下，当下未成年人的认知程度跟数十年前相比，早已不可同日而语。一个反直觉的常识是，如今未成年人的世界，可能比成年人想象的更加“丛林”。现代社会的营养健康条件大大提高，不少小孩子早早就心智缜密，在尚未社会化的未成年人世界，反而比成年人更热衷于霸凌与欺凌他人，极端情况就是性侵、杀人等刑事犯罪。未成年人保护法，绝不应该保护这些侵害同龄人的“未成年人”。

关于未成年人犯罪，亟须相关法律持续跟进。“法”一再向“不法”让步，受害者无法得到法律意义上的保护，加害者在与未成年人相关的法律庇护下为所欲为。有网友说：“未成年人保护法在满怀恶意的未成年人面前就彻底失效了，受害的是单纯善良的未成年人！”

在国外，有源于英国的“恶意补足年龄规则”。也即在未成年犯罪案件中，对原则上被推定为不具备刑事责任能力的未成年人，如果有充足证据能够证明其在实施犯罪时具有恶意，那么前述推定就会被推翻，仍然可以对其追究刑事责任。换句话说，杀人者不论年龄，都有可能被判处最高刑罚。

五

保护我们的孩子

邯郸初中生杀害同学案件发生后，在数个家长群里引发了激烈的讨论。我记得，上一轮热议，是在一个女孩被几个女同学围堵着扇耳光的视频流传开时。与后者引发的愤慨相比，前者令家长们陷入深深的惊恐焦虑当中。

我们究竟应该怎样保护自己的孩子？毕竟，我们即使再担心，也不能 24 小时跟在比我们个头还高的孩子身边。

正如有人在知乎发言："看了邯郸三名初中生杀人埋尸案，我决定把孩子当反派养。"某个家长群里，有一位母亲自豪地介绍自己的"教育经验"："我告诉儿子，假如有人主动招惹你，他打你一下，你就狠狠还他两下。"事实上，她的儿子在学校是出了名的"不怕事"，有比他更壮的同学在厕所跟他比画，结果被他直接推倒在便池里，学校还找了家长。遭遇校园霸凌，"黑羊"心一横，也可能立时变成一只"猛虎"，从此再也无人敢于欺凌。据说，有一个初中男生常常遭遇校园霸凌，有一天放学，七八个人在他回家的路上拦他，像往常一样，打算先搜刮他身上的零钱，再狠狠打他一顿。但不知为何，这个男生面对一群人的气势汹汹，突然心一横，大吼一声冲上去，抓住其中一个带头的，就使尽全力暴打，甚至举起了一块砖头。其他人看到这只平素任凭处置的“黑羊”突然发了狂，全都不由得退避三舍。最后双方都挂了彩。这件事最终没有报警，双方家长私了，但从此学校里再也没人敢欺负那个男孩。同样，有个高一女生因为被传说与校外男人有染，由此成为班里男生们语言欺凌的对象。一天，一个男生嘴里不干不净地讥讽她取乐时，这个女孩突然暴怒，从抽屉里取出钢尺，当众狠狠抽打那个男生的脑袋。这件事之后，班里再也没人敢用谣言侮辱她。

2024 年 5 月 30 日，最高人民法院首次发布未成年人司法保护专题指导性案例。其中一件因学生霸凌而引发的正当防卫案例，引发广泛关注。被告人江某某（化名，时年 14 周岁）系初中二年级学生，在学校厕所被 15 个同学霸凌，3 人被江某某用折叠刀捅伤，其中两人损伤程度为重伤二级，一人的损伤程度为轻微伤。法院最终认定江某某属于正当防卫，依法不负刑事责任。

有家长在群里呼吁：“我们一定要睁大眼睛，观察日常生活中的细枝末节，保护好自己的孩子。”“尤其要观察孩子身上有没有伤痕，如果有，一定问清楚，然后找到学校。"

专家提醒，孩子受到欺凌可能会产生一些信号：

——头痛、做噩梦甚至尿床，这是孩子遭受校园欺凌的表现之一。

——原本并不排斥校园生活的孩子，突然表现出不愿上学，或者厌学的念头，可能是学校里出现了一些令孩子烦恼，不愿面对和处理的事情。

——原先性格开朗的孩子突然变了，不仅放学回家闷闷不乐，好朋友也不再联系了。孩子情绪不仅变得阴晴不定，学习成绩也不断下滑，这可能是学校有什么事情影响着他。

——孩子抱怨有同学针对他，这是他在向家长求援。这时，家长可提供一些建议，教孩子试着缓解这种情况，并注意之后询问，或者把那个同学请到家里来玩，不经意地聊聊天。

——如果孩子情绪特别不稳定，一点小事就能引起激烈反应，非常胆怯惊慌甚至出现自我伤害倾向等，建议家长去学校了解情况。

——孩子放学回家衣服脏污凌乱，身上带着明显是打斗造成的伤痕，但孩子一口咬定是自己不小心伤到的。这样的情况千万不能忽视。

成年人一旦发现这些信号，需要有所警觉，孩子是否在学校里发生了什么事情。一旦发生校园欺凌事件，不可忽视，需要立即采取行动进行干预。

如果，欺凌已经发生，作为未成年人的监护人，我们应该如何处理?

通常，愤怒、焦虑等情绪在得知的第一时间就会出现。但我们必须控制自己的情绪，因为这些情绪可能会影响与孩子的沟通——一定要尽可能避免因为沟通不当给孩子带来“二次伤害”。对此，专家在“重庆发布”公众号上提出了四点建议：

一是接纳情绪，给予安全感。孩子被欺负，他最主要的情绪是恐惧，但表现各不一样，有的孩子会大哭大闹，有的孩子会精神萎靡。不管孩子怎样表现，我们首先要接纳孩子的情绪，这样孩子才能感受到被理解，可以有效地减少孩子的自我质疑。同时，孩子可以感受到父母的包容，增强内心的安全感。

二是评估伤害，及时保护。有些欺凌事件除了对孩子造成情感损伤外，还会对他们的身体造成损伤，我们要及时评估孩子受到的伤害。如果孩子有身体伤害，我们要及时询问孩子状况、立即采取措施保护孩子。如果对孩子造成的心理伤害很大时，我们应及时让这种伤害不再继续，可以短暂地让孩子离开不安全的环境，帮助孩子稳定情绪。

三是了解事件，还原真相。当孩子的心理和生理伤害得到保护与救治后，才是向孩子了解事情全部，还原真相的时机，因为这时孩子会相对平静和理性。这时，我们可以不带评判地与孩子一起去看，一起去分析，让事件完整客观地得到再现。如果事件比较严重，最好是在咨询师的帮助下进行。

四是理性分析，合理应对。还原事情的全过程，不是为了去评判孰对孰错，重要的是让孩子学会保护自己，在以后的生活中怎样尽可能地避免类似事件的发生。我们需要理性地与孩子一起分析事件发生的原因，并合理地做出解决问题的方案。此外，我们也应该鼓励孩子多参加学校的社团活动、多交正能量的朋友，增加人际交往能力。

刘俊升则强调，孩子遭遇校园欺凌，家长和老师都要保持冷静，仔细倾听，全面了解情况，切忌因为自己内心的紧张和焦虑，打断或责备孩子。

12355 是一部专门面向青少年的心理咨询热线电话。心理咨询师顾凯宪在开导、帮助被欺凌少年的过程中，感受到了他们经历的恐惧，也听到了他们发自心底的对老师和父母的失望。顾凯宪说，很多被欺凌的孩子向父母暗示甚至明示过，但父母要么没当回事，要么打骂孩子“人家怎么不欺负别人就欺负你呀”；学校则将双方父母叫来，“各打五十大板”，好像问题解决了，但其实什么都没解决。

何梅所在的“星心语心理服务中心”，也给我们提出了很多建议：

在与孩子沟通时，我们应选择孩子觉得安全的环境和场所，例如家里或者孩子的房间里，等等，同时应避免陌生人或与孩子关系不亲密的外人在场，以免影响孩子的表达。

如果孩子因为各种原因不愿开口或很难开口，也不要强迫孩子，尽量通过一些委婉的方式来与孩子交流。比如，在和孩子一起看电视节目的时候，可以就节目里的相关场景发问，例如：“你觉得这个人做得对吗？”“你们学校里有没有这样的男生？”“如果你是他，你会怎么做？”

也可以试着讨论一些这样的问题：“你平常在学校里都和谁在一起玩？你跟谁关系最好呀？”或者是：“学校里有没有你特别不喜欢的同学？为什么不喜欢他？”

不同的孩子可能适合不同的沟通方式，但最重要的是我们要让孩子知道他们是被爱的、被保护的，受到欺凌不是他们的错，我们会帮助他们找到解决问题的办法。

校园发生霸凌事件，学校又该怎样做？一般情况下，对于校园霸凌受害者，校方应立即组织医疗救助、心理干预、司法协助等。对校园霸凌的加害者，校方一定要通报其家长，给予严肃批评教育，绝不姑息，并在法律的范围之内予以惩处。在处置过程中，校方要从受害人角度出发，多关注受害孩子、家长的利益，保护未成年人隐私，客观回应社会关切。

浙江江山市一所小学挂出了“防霸凌校长信箱”，让学生有更多的途径去申诉和求救。

四川成都市高新大源学校在厕所、操场、学校门口及楼道等隐蔽地点设置了 AI 报警系统，当有学生喊出“救命”或者“打人了”等一系列的敏感词汇，报警器就会立刻报警，随即校园管理人员在后台实时收到报警信息和报警位置，并赶到事发位置。

早在 2020 年修订的未成年人保护法中，就将学生间的欺凌和暴力行为称为“学生欺凌”。相比众所周知的“校园霸凌”一词，“学生欺凌”包含的位置范围则更广，暴力不仅隐蔽于校园中，还有可能在校园周边乃至回家的路上，防治难度很大。

在江苏扬州市邗江区一所初中，检察官孙道俊向家长、学生推荐了检察院推出的一款小程序，其中的“校园欺凌一键报告”功能，可以让家长、学生以匿名的形式，把欺凌的信息、图片、视频等，提交给检察机关。这款小程序面向的是全区 40 多所学校的近 10 万个学生家庭。尽管家长或学生需要用微信和手机号登录，但系统对于举报者信息严格保密。

孙道俊认为，校园欺凌不只是打打闹闹，更是滋生未成年人犯罪的温床。而公安、检察机关尽早介入校园欺凌事件，就是为了避免欺凌的步步加深，防止从欺凌变成违法，从违法变成犯罪，从小错变成大罪。

那对于孩子们来说，遭遇霸凌者，应该怎么做？一定要明白，人身安全永远是第一位的。因为霸凌者总是数个出现，大多数情况下，“硬拼反抗”获胜机会很小。所以，孩子们，请首先保持镇定，试着通过警示性的语言击退对方，或者通过有策略的谈话，借助环境来使自己摆脱困境，但是尽量不要去激怒对方。同时，寻机向路人呼救求助，或者采用异常动作引起周围人注意。

一位受访者告诉我，三年前他刚念初中，就被班里六七个男生给盯上了。一天下午放学，那群人拦住了他，说他“太嚣张”“要收拾他”。于是，他一面服软告饶，一面表示要请“这群大哥”吃零食。几个霸凌者同意“先吃零食再收拾他”，就推搡着他往正街走去。这几个人不知道，他的舅舅在正街经营一家冷饮店，舅舅长得五大三粗。走进舅舅经营的冷饮店，他立刻大声喊道：“有人欺负我，救救我！”舅舅和店员们合力制服了那几个坏小子，还叫来了老师和家长。临了，舅舅还敲打那几个男生：“以后不要打咱家强娃的主意，有我们在背后撑腰呢！”

一定要学会寻求帮助。在学校不主动与同学发生冲突，一旦发生及时找老师解决。不管遭遇了怎样的恐吓，都要告诉家长，不要自己独自承受身体和心理上的创伤。

如果不幸遭遇校园霸凌，心中留下了阴影和污渍，这就需要周围人持续的关爱和鼓励，一点点还心灵以澄明。

有一则公益广告，讲的是怎样消除儿童的心理创伤。一杯清水里倒入了一些墨汁，很快整杯水都被染黑，再用清水不断倒入杯中，墨黑不断被冲淡并溢出，最终呈现在眼前的，依然是一杯不含任何杂质的清水。有人说，杯子里的水看起来很清澈，但跟先前已经不一样了，墨汁的成分依然存在，只不过看不出来罢了。

我想说的是，虽然仍会有阴霾埋藏于心底，但毕竟还是在勇敢前行。

"你知道吗？我碰到过一起案例，一个孩子因为懵懂无知，常在班上招惹其他同学，这样的小打小闹，最终犯了家长们的众怒。在班群里，大家一致要这个孩子退学，喊着'滚出去'。如此的网暴，让母亲和孩子受到了重创。"我的朋友、律师孙晓云说。

2023 年底的某个周末，孙晓云在咖啡厅看书时突然接到好友来电，情绪非常激动，说她的儿子只是有点调皮，却被无辜指责为校园欺凌者，在微信家长群遭到群体攻击，要求她儿子转班。好友还问孙晓云，她该如何维权？

其实一开始，孙晓云还想让我写写与校园霸凌关联的“网暴”现象。

孙晓云认为，是欺凌还是网络暴力都应该依法认定，有法可依。有一种现象，未成年人遭受校园霸凌事件，还往往伴随霸凌者家长所遭受的“网络暴力”。2023年9月20日，最高人民法院、最高人民检察院、公安部印发了《关于依法惩治网络暴力违法犯罪的指导意见》的通知。根据通知，网络暴力系多种法律行为的统称，包括网络侮辱行为，网络诽谤行为，侵犯他人隐私权、人格权、名誉权等行为。因此在“校园霸凌”被认定前，“受害者”家长应该了解，网络上的肆意指责、谩骂、侮辱等行为很可能构成网络暴力，进而涉嫌侵权，甚至构成刑事犯罪。即便对方被认定为“校园霸凌”，家长的行为不当，仍然存在前述法律风险。

那么，如何区别欺凌与一般的小孩子打闹行为？星心语心理服务中心的公众号文章指出：区分欺凌和打闹行为最客观的参考，是以孩子的感受为基准进行判断的。

“如果孩子与同伴在相处中发生争吵或肢体冲突，冲突双方在矛盾发生时，都能站在保护自己的角度进行回应，且冲突解决后，同样的事情短时间内没有再次发生，孩子的情绪很快得到恢复，正常的校园生活没有受到影响。这种发生在同伴间的冲突，我们通常理解为打闹行为。

“但如果孩子经常无缘由地被更高大、更受欢迎，或者数量更多的同伴排挤或找麻烦，且在冲突中孩子无法保护自己，孩子的情绪受到持续影响，无法正常应对学习、交友等校园生活。这种发生在同伴间，冲突双方不对等的、反复发生的冲突，我们通常理解为欺凌。”

“只有严惩，才能保护更多的未成年人”

这是家长们最大的心声，也是专家的急切呼吁。

邯郸13岁初中生遭同学残忍杀害引发广泛舆论关注，要看到，当下校园霸凌已出现高度危险苗头。

据“津云新闻”报道，在邯郸初中生杀人案的走访过程中，村民问得最多的是，“那三个孩子会被判死刑吗？”之前“大连13岁男孩杀害10岁女孩”等多起极端个案中，公众已经多次对处理结果表示深度关切。而每一次，希望加大对未成年人犯罪惩处力度的呼声，都会更加强烈。

我国《刑法》规定，故意杀人的，处死刑、无期徒刑或者十年以上有期徒刑；情节较轻的，处三年以上十年以下有期徒刑，但犯罪的时候不满十八周岁的人不适用死刑。2006年1月23日起施行的《关于审理未成年人刑事案件具体应用法律若干问题的解释》规定，未成年人犯罪只有罪行极其严重的，才可以适用无期徒刑。在这起案件中，警方初步认定有预谋性。不少网友质疑，有主观恶意致人死亡的未成年人都不能被判处死刑的法规与朴素的正义观相悖。

2024 年 3 月 14 日，河北十力律师事务所副主任律师王文广表示，由于三名犯罪嫌疑人均为未成年人，根据《中华人民共和国刑法》规定，对未成年人犯罪不适用死刑，即三名犯罪嫌疑人在本案中最终可能判决的最高刑期是无期徒刑。

2024 年 3 月 16 日，法学教授罗翔发布视频谈及此事。他认为，法律从来不可能解决所有的社会问题，对孩子而言，最重要的依然是培养对人对己的尊重。法律所能做到的，就是对于犯下弥天重罪的人依然要进行必要的惩罚，只有惩罚才能带来改造的效果。

中国政法大学刑事司法学院教授阮齐林认为，刑事责任年龄下调应该适应社会变化，一方面是要惩罚犯罪分子、平复被害人创伤情绪、维护社会正义；另一方面是能预防犯罪，要向社会成员传递出这样一个信念：犯罪是要受到法律惩罚的，不能因为年龄等原因而成为例外。但阮齐林也指出，立法是一个酝酿的过程，不能一蹴而就，既要考虑社会现实状况，又要兼顾公众的情绪。法律需要在经验中不断取得完善。

2020 年 12 月 26 日，中华人民共和国第十三届全国人民代表大会常务委员会第二十四次会议通过《刑法修正案（十一）》，将刑事责任年龄从 14 岁降到 12 岁，规定已满

12周岁不满14周岁的人，犯故意杀人、故意伤害罪，致人死亡或者以特别残忍手段致人重伤造成严重残疾，情节恶劣，经最高人民检察院核准追诉的，应当负刑事责任。正是这一次立法调整，让邯郸初中生被害案的三名未成年犯罪嫌疑人，才能被核准追诉。而2019年的"大连13岁男孩杀害10岁女孩"案件，按照当时规定，行为人未达到法定刑事责任年龄，警方依法不予追究刑事责任，对其进行三年收容教养。

据"央视新闻"报道，2024年3月，最高人民检察院检察长应勇在宁夏调研时，表示要加强未成年人检察工作，坚持对侵害未成年人犯罪"零容忍"，深化综合履职，以检察司法保护促进"六大保护"，合力为未成年人健康成长撑起法治蓝天。要高度重视未成年人犯罪预防和治理，对未成年人实施的故意杀人、故意伤害，致人死亡等严重犯罪，符合核准追诉条件的，要依法追究刑事责任。

2024年3月18日，最高法少年法庭工作办公室成立。

2024年3月20日，央视网发布评论员文章《正视对校园霸凌行为的拷问》。文章写道："对施暴者的过度宽纵和对受害者的保护不力成为一种颇具代表性的集体感受。年龄怎么能成为犯错、犯罪免罚的挡箭牌？未成年人保护法究竟保护的是受伤的孩子还是那些作恶的'小魔鬼'？这样尖锐的质问一次次撞击人们的内心，社会情绪亦随之发生巨大起伏……兹事体大，形势严峻。不能再心存侥幸了，不可再视而不见了，不要再装聋作哑了。相关各方特别是学校、司法机关，应该正视和严肃对待人们关于校园霸凌行为的现实拷问，积极回应社会的普遍期待。”

2024年4月8日，官方通报：经河北省检察机关逐级层报，最高人民检察院审查，依法决定对未成年犯罪嫌疑人张某某、李某及马某某核准追诉。有法律专家认为，最高检依法决定向社会传达出一个鲜明立场：低龄不是恶性犯罪的“免罪牌”。

2024年4月16日，最高人民法院通报了人民法院依法维护妇女儿童合法权益的工作情况。截至目前，人民法院共审结此类案件4件4人，犯罪人年龄在12至13岁之间，被依法判处10至15年有期徒刑。通报介绍，未成年人违法犯罪形势依然严峻，校园暴力问题不容忽视。近三年来，未成年人违法犯罪数量总体呈上升趋势，2021年至2023年，人民法院共审结未成年人犯罪案件73178件，判处未成年人罪犯98426人，占同期全部刑事罪犯的2%至2.5%。

“如何减少校园霸凌？除了加大惩戒力度，最根本的依然是普法，在校园里倡导遵守法律，敬畏法律。”李川薇说。

（为保护隐私，文中未成年人及部分受访者为化名。本文原发表于《北京文学》2024年第9期头条。原标题《校园之殇——关于“校园霸凌”的社会观察》）

《校园之殇》：直视伤痛　拯救心灵

梁鸿鹰

“殇”——中国汉字中一个具有深厚文化内涵和特定情感色彩的字，常常用来表达心理上的剧烈悲痛、哀思和遗憾。以“殇”为名，直刺内心。又因这“殇”起于校园，本是充满快乐、天真、活泼，遍布欢声笑语的地方，更使得这种刺痛格格不入且锥心蚀骨。

邯郸初中生杀人埋尸案，举世震惊，闻者色变。我曾经在某次交流互动节目中，看到一位研究历史的学者，面对提问者面露难色地说，别谈这个事了，太可怕了，也太令人心寒了，我不知道这个世界怎么了。举座愤怒、恻然、沉默之余，这道鲜血淋漓的社会伤口再次无情地出现在我们眼前。这一次，作家李燕燕再也无法视而不见，再也不能刻意回避。作为报告文学作家，同时身为女性和母亲的她，秉持了作家密切关注牵动社会神经事件的创作伦理，承担着作家对社会的责任与良知，更以女性和母亲般柔软慈悲的仁爱之心，直视那赤红锥心的伤痛，尽自己最大努力缝合、包扎、抚慰、治愈受伤者的心灵。

这是一次建立于广泛社会调查基础上的纪实性书写。近年来，媒体上关于校园霸凌、未成年人犯罪的新闻屡见不鲜，不少人在一时的震惊、痛惜、不安之后，更多的是选择谨慎地自我防护，裹紧家庭的“外衣”，不让那凛冽凄厉的寒风伤蚀自己的孩子。对于这个社会创伤的病理成因、整体情况和根治之法，普通人一般即使有探寻的热情，也难有深究的能力。从这部作品看，李燕燕显然做足了创作准备，打算一探究竟，讲出个道道来。她访谈耐心周密，挖掘细致深入，围绕“校园霸凌问题”展开了一系列调查研究，进而给出自己的回答。何谓校园霸凌？霸凌为什么会发生在校园？其背后涉及的心理因素、生理因素和社会因素有哪些？孩子面对霸凌应如何应对？谁应为未成年人的罪恶负责？家长、学校、社会、法律分别承担哪些责任？她在作品中列举人们关心的问题，叙述铺陈所见所闻，条分缕析各种显性及隐性问题。她阅读关于校园霸凌的新闻报道，涉猎专家学者的研究成果，走访咨询心理学家、社会学家、律师、警察，在社交媒体上贴出告示，远赴他乡寻找曾经被霸凌的受害者，只身前往偏远的城乡接合部深入采访，面对面倾听他们的故事，心贴心感受他们的经历，剖析受害者性别、年龄、地域、家庭等方面的共性和差异，尽可能为读者提供未成年人犯罪方面科学可信的详细依据，以大量第一手素材探析悲剧发生缘由，警示人们防止这道渗血的社会伤口再次撕裂，引人入胜，发人深省。

真实性是报告文学的重要属性。如何对事件进行真实还原，故事叙述的客观细致，分析思考的理性冷静，考验作者的创作能力。作者通过对多起校园霸凌事件的陈述，从校园、家庭、人性、社会、法律等角度嵌入叙事主线，将大量案件资料、采访实录、调研成果做了理论分析，充满了人文关怀和现实意义，形成对涵盖霸凌事件各个方面的全方位解读，纪实的口吻，文学的笔触，直指人心的叙事，既有事实支撑，又有观点概括，更富真情实感。整部作品的色彩语调不乏压抑沉郁，叙事语气却依然平静镇定，但平静中包含着隐忍，悲愤中蕴藏着克制，体现了纪实文学的客观、公正、周详，探求了这一文体的真实性力量所在。

报告文学的真实性本质往往形成对作家认知能力、直面问题能力的考验。一个作家在现实问题前勇于挺身而出的同时，如何对事实进行剖析和洞察，向社会传达直击人心的思想，《校园之殇》也做了探索。作品表达了作家对校园霸凌现象观察后的悲怆与痛惜，字里行间传递出的如波涛般涌动的情绪，源于面对所有霸凌事件的社会共性情感：对施暴者的震怒和惊愕，对受害者的同情和惋惜，对残忍施暴手段的鞭挞，对监护人、旁观者、管理方不作为的愤慨和申斥，以及对迟来的正义的呼唤与期盼，是作家的丰富情感所致，更是社会良知的反映。作品发挥政论功能，以大量细节告诉我们，校园霸凌问题，冰冻三尺非一日之寒，解决问题亦无法毕其功于一役，要向社会拉响警报，更要警钟长鸣，指向明确地呼吁涉及该问题的相关方面一定要承担起应尽之责，从而发出解决校园霸凌问题的强力号召。作品大量列举当前家庭、学校、社会各界遏制校园霸凌的有益尝试，特别是司法界将法律作为最有力的惩戒手段，传递出鲜明立场：低龄不是恶性犯罪的"免罪牌"，清除校园霸凌，需要全社会合力。作品在议论时穿插出现的"在我看来"，是作家有意而为的现身说法，"我"的存在，增加了作品的现场感、鲜活性、思想性，让人们感受文字的生命、心跳、呼吸和脉搏，易于引起读者的共鸣。

报告文学的独特审美作用是作品着意重申的，作品力图融汇情感共鸣与心灵呵护、思想启迪与方法探寻，将现实反思与道德教化结合起来，从精神层面为人们理解人生、体验情感、追求美好提供有价值的思考，将报告文学的新闻性、文学性、思想性融为一体，带领读者关注现实生活课题，回应社会关切。问题是时代的声音，求解才是文学要抵达的方向，《校园之殇》力图通过大量实例的陈述、有理有据的分析、文学运笔的延展，在条理清晰的结构中显现对现实问题的回应。作品以此收尾，让原本暮霭沉沉的气氛，投射进希望的光亮。作者用文学的方式告诫社会，不要让罪恶在旁观和遗忘中滋生、繁衍甚至猖獗，从而唤醒漠视之心，凝聚社会之力，守护纯洁之地，以“殇”治“伤”，让人们相信，在大家共同努力下，这道本不该有的社会伤口终将愈合，这便是文学价值的彰显。

有道德、有温度、有筋骨的书写，不是标语口号的简单套用，不是下笔之前已有的立场设定，而是作家真正深入生活，接受现实洗礼的结果。对大众的生活、心灵的处境、情感的归宿，那种诚意的关切、深刻的体恤，不是从天上掉下来的，而是来自执着投入的探索，坚定理性的追寻。《校园之殇》从某些方面为其提供了一些启示。

（梁鸿鹰，《文艺报》原总编辑，中国作协主席团委员，中国报告文学学会常务副会长。本文原发于 2024 年 9 月 4 日“新京报”客户端，收录时有改动）

评论二

拿什么保护你，“隐形”的孩子——报告文学《校园之殇》的“解题”思路

程华

那些好像“什么都没做”的人，其实“什么都做了”。从某种意义上说，他们是欺凌事件的纵容者甚至帮凶，是他们一起将被欺凌者“推”入了深渊……

论“抓取”选题，报告文学作家李燕燕的眼光可谓犀利而独到。从为聋哑人士发声的《无声之辩》，到结合民法典解析女性维权案例的《我的声音唤你回头》，到为保护知识产权而鼓与呼的《创作之伞》，再到以头题刊于《北京文学》的《校园之殇——关于“校园欺凌”的社会观察》（以下简称《校园之殇》），自2020年起，李燕燕持续推出的重磅报告文学作品以独特的“文学普法”方式，直面现实焦点痛点，与当下时代同频共振，从而引发社会广泛关注并激起强烈反响。在李燕燕的众多“大部头”作品中，中篇《校园之殇》单论体量不算特别“够秤”，但其内容尤为凝重沉厚、

发人深思。作者采用“田野调查”（民间访查）的手法多角度多层面搜集资料，有赴各地面对面采访采集的案（事）例，有专家与专业人士的深度解析，有各渠道获取并逐一求证的数据分析……4万多字的文本中，集纳、穿插的完整案（事）例不下30个，可见其采访之扎实用心。这些真实鲜活的案（事）例与各类资料信息密集交织、逐层推进，一步步有力地撑起了作者表达与传导的观点与主张。从已经获取的庞大信息库中过滤、筛选、提纯、取舍、裁剪有价值的素材，这是每个报告文学作家在文本构思和搭建之初必须面对和处理的专业问题，李燕燕也不例外。笔者认为，相较于她的前几部“文学普法”作品，《校园之殇》对于大量素材的统领、处理、驾驭、把控等方面的技巧更臻成熟。

一、主题递进的“传动轴”

文本开篇即聚焦今年3月河北省邯郸市3名初中生残杀同班同学案件（以下简称邯郸“3·10”案），通过对作案情节、危害后果以及由此引发的社会反响等基本情况的简要回溯，开宗明义将叙事切口对准了这起令人谈之色变的刑事案件，也为这篇以校园欺凌为主题的报告文学作品设定了冷峻、阴郁、沉重的基调。随后作者笔锋一转，介绍2021年

3月起施行的《刑法修正案（十一）》，引出“未成年人刑事责任年龄”这个法律焦点。而这正是作者力图讲述、探究的核心问题：我们如何真正保护那些无辜地被侵害的未成年人？文中多次提及的邯郸“3·10”案，在不同阶段的叙述、评议中发挥着衔接、推进、深化主题的作用。也就是说，此案每次出现均不是孤立的、单一的，而是起到了与校园欺凌事件有密切关联的叙事“传动轴”的作用。事实上，许多刑（民）事案件正是校园欺凌行为的升级版。作者通过对大量校园欺凌事件的当事人及其监护人、医生、警察、心理学专家等专业人士的采访，不断地向公众发出告诫、警示与呼吁：校园欺凌行为具有严重的社会危害性且并不都是显性的，许多具有一定隐蔽性，如果人们对于校园欺凌行为采取漠不关心、冷眼旁观、听之任之甚至围观煽动的态度，那无疑是在助长欺凌者的嚣张气焰，也是在伤害被欺凌者，甚至在放任更大的危害与更严重的后果发生。文章后部及结尾，作者干净利落地从多起案（事）例的叙述中转回到邯郸“3·10”案。在实现首尾呼应的同时，文字再次从该案铺展、延伸、生发开来，既反映了社会各界对于该案未来判决结果的高度关注，传递了公众日益强烈的“加大对未成年人犯罪惩处力度”的呼声，也以理性的态度表明对“立法需要时间不断完善”观点的认同。作者还特别提到，正因为《刑法修正案（十一）》

通过并实施，才使邯郸"3・10"案的3名少年凶手被依法核准追诉。而在此前，同类犯罪是无法适用刑法的。国家层面的重视、法律的不断完善、各职能部门积极履职并提前介入，无疑给大众心中注入了更多希望的阳光。

二、事实与专业高度融合

李燕燕以社会观察者的冷静视角，通过对大量真实案（事）例的高度还原，全面具体地呈现了诸多校园欺凌事件的起因、行为及细节、类别、危害后果等因素，读来令人忧惧、心痛到出离愤怒。比如，中学生小鹏因家境较差等原因，持续几年被多名同学谩骂、侮辱、殴打而罹患"躁郁症"；少年小刚幼时丧母随父生活，他从初中起被一群同学经常性辱骂、强逼吃垃圾，而小刚的父亲直到儿子被欺凌者打断手臂才如梦初醒，但被欺凌一年多的小刚已患上抑郁症并多次轻生；原本成绩不错的女生小新，被女同学梅姐等人算计并以威胁、打骂等方式逼迫其卖淫，虽然因种种原因幸未"入坑"，但母亲的粗暴、人言的可畏，逼使16岁的小新不得不辍学外出打工。作者还通过采访欺凌者的监护人以及其他知情人，获悉许多欺凌者因为"年纪小"而在实施恶行后并未得到应有的惩处。更可怕的是这些"未成年人"已经懂得如何钻法律的空子伤人而不受刑法处罚。作者在详尽陈述大量事实的基础上，结合心理学专家、法学专家、医生、警察等专业人士的深入解析，条分缕析地对校园欺凌事件中的欺凌者、被欺凌者的各自性格、日常表现以及背后的原生家庭等多方面复杂因素展开深度挖掘，试图由点到面由表及里梳理诸多校园欺凌事件发生的生理、心理和社会成因，并探究干预、解决和预防的办法。作者大声疾呼法律应当更多地保护无辜的被侵害的未成年人，更要依法惩治蓄意长期犯下恶行的未成年人。

三、当孩子变成“隐形人”

值得一提的是，题记部分引用了西班牙作家莫尔诺《隐形人》中的男主“隐形人”的一段话：“一切都是从那群恶魔开始的……被恶魔盯上后的某一天，我竟然拥有了超能力。我可以跑得飞快，可以在水下呼吸，还和龙一起飞翔。我甚至学会了隐身……”此段引用颇具深意，因为作为西班牙现象级畅销书的《隐形人》，正是一部以校园欺凌为题材的长篇小说。“隐形人”小男孩因为不愿帮助同班同学MM考试作弊而长期被欺凌，小男孩口中的“恶魔”，就是因原生家庭出现问题而心态扭曲恃强凌弱的MM。由于学校漠视、家长失察、同学和好友袖手旁观，无助的小男孩跌入了绝望的深渊，不得不把自己幻想为"隐形人"而试图逃避残酷的现实。好在"隐形人"幼小单纯的妹妹和有过被欺凌童年记忆的女老师默默保护着他，给了他继续生活的爱与勇气。《隐形人》的故事令人忧愤，更让人忧愤的是，据作者莫尔诺透露，书中那些校园欺凌事件，那些冷漠的旁观者、麻木的失察者、袖手围观甚至嬉笑叫好的同学均来自现实。这似乎无形中与《校园之殇》所展示的真实案（事）件形成了某种默契的观照：那些好像"什么都没做"的人，其实"什么都做了"。从某种意义上说，他们是欺凌事件的纵容者甚至帮凶，是他们一起将被欺凌者"推"入深渊……当校园欺凌已成当下世界范围内的社会性难题，无论是虚构作品《隐形人》还是非虚构作品《校园之殇》，秉持同样社会责任感与忧患意识的作者，不断通过作品向全社会发出沉重拷问：我们该如何努力去干预、防范校园欺凌？我们该如何真正有效地保护我们花朵般的孩子？这个严肃而严峻的问题，亟待法律作出回答，亟待所有人共同作出回答。

（程华，中国作家协会会员，重庆公安作协副主席。本文原刊发于 2024 年 11 月 21 日《法治周末》）

外一篇

长大的

大龄孤独症患者的社会融合之路

他们

在朱佳云手机上，我看到刷屏的齐齐一排“今天我要不要上班？”我没有见过这个执着发问的大男孩，但此刻他的面貌却从这不断重复的问话里脱显而出。他应该有一双充满渴望的眼睛吧，眼里亮闪闪一层——是的，一层泪光，就像突然看见这整齐划一的一排排文字的我。

我要写他们，这一刻我突然确定了。

一

缺失的一角

那个高大的小伙子出现在我面前，在父亲的示意下，带着孩童般的羞涩，朗声叫我“李阿姨”。

他的确长大了，已不是多年前跑到七楼飘窗边的小男孩。那个场景一直存留在记忆中，让我后怕，也由此感叹他父母的“不易”。

2023 年 4 月中旬，张国华发微信告诉我，即将从深圳回来一趟。一个星期的假期里，他打算做几件事：一是等儿子小静最新的残疾鉴定结果；二是向区残联咨询最新的残疾人就业政策；三是带着小静到处走走看看——孩子离开渝中区那间汽车美容店后，已在家待了好几个月，成天心心念念想着“上班”，换个心情总归是好的。我立刻应允，并表示愿意陪着老朋友跑一跑。

算来，我差不多有七年没有见到这对父子了。2016 年，从事政工工作的张国华离开那家西南地区颇具盛名的部队医院，到深圳一家民营医院做行政管理。作为高年资的退役军官，每月有一份不错的退役金，若能凭原先人脉在重庆本地另谋一份工作，于一般人而言，足可生活得有滋有味。但张国华毅然决然地选择背井离乡，且一干就是七年，只是因为“那边开出的工资比这里高出将近一倍”。

在我的印象里，张国华是极其务实的。对于孩子的病，他并不遮遮掩掩，用他的话说，有了问题，必须面对问题。因为治疗和干预的大笔花费，他的生活变得拮据。他跟我说，考虑过开个小面馆，还算了一笔账，说是租一个几平方米的小铺面，一个月下来也能赚个上万元。那是 2005 年，坐办公室的人每个月挣两三千是常态。或许后来知晓做生意急不得，他自主择业去了深圳，因为那里实实在在能挣钱。

数年间，把“多挣一些钱”作为目标的张国华，一个人生活在那座海风习习的繁盛都市。他曾说，隆冬季节在那里体会不到凉意，只是想起渐渐长成青年的小静以及照顾小静的妻子和老人，担心生活中突如其来的变故，他会感觉不知哪里吹来的一小股风，竟悄悄钻进衣襟，带来不知名的寒意。不过点开他的朋友圈，最常见到的依然是特意觅得的美好细节，比如，春日院区的粉桃花，加班夜归路上拍下的漫天繁星。

在张国华从深圳动身前，儿子最新的残疾鉴定等级就出来了，结果有些令人失望，依然是“四级”，残疾评定里的最低等级。对一个心智障碍患儿而言，持着这样鉴定结果的残疾证，在官方认定的正规机构里做干预和康复，可以享受补贴。但小静已经二十三岁了，享受补贴在机构做康复的孤独症患者，大多是七岁以下的儿童。这张残疾证对小静最现实的好处是，在重庆可以半价乘坐公共交通工具，如果再找到一个做事的地方，多多少少可以省下一些钱。

张国华与我约定的见面地点是位处重庆渝北区某知名民营医院内的"一角咖啡"。"一角咖啡"是小静之前工作那家汽车美容店的老板、某民办非营利性公益组织牵头人朱佳云做起的又一个残疾人关爱项目，据说咖啡店的员工几乎都是接受过特殊教育的聋哑人。

"一角"创意源自绘本《缺失的一角》中圆缺的一角，比喻他们的不完美，"咖啡"则指代充满芬芳的人生。"每个人都有缺失的一角，我们的人生课题并非追寻完美，而是接纳自己的不完美，再好好享受自己的人生。"朱佳云如此解释"一角咖啡"命名的特殊意义。

"一角咖啡"藏在一栋住院楼里。搭乘电梯上到医院的开放式院门，一抬头，便看见等候在那里的张国华。数年不见，他已尽显沧桑，秃掉的前额和头顶就是标志。他朝我挥手，笑着，示意我看看院门左手边那一长溜儿展板。展板上，是民营医院杰出的医生团队，他们大多是我和张国华都认识的。

说话间，一个穿着黄色短袖衬衫的男青年手捧一份花花绿绿的宣传单，兴奋地跑到张国华身边，像个小孩子一般摇着他的手臂，大声叫着："爸爸，快看，快看！"这只是一份普通的广告宣传单，在旁人看来，并没有什么值得如此惊叹。张国华微笑着挽过儿子的手臂，一边轻声回应着儿子的亢奋，一边让已经高过他半头的儿子渐渐安静下来，然后向儿子介绍我："这是李阿姨，你小时候还去过她家的。"是的，这就是长大了的小静。其实刚才我就看到了他，这个一米八的小伙子，正聚精会神盯着展板旁那一沓宣传资料，我没能马上将他同张国华联系起来。

"李阿姨好！"小静听了父亲的话，羞涩又认真地看向我，字正腔圆地招呼道。"好孩子。"我冲他笑着。

他毕竟跟小时候不一样了。

小静七八岁时，张国华夫妻俩带着他到我家做客。那时，无论我对他说什么，他都充耳不闻，要么喃喃自语，要么自顾自玩着手里的东西——一个橘子或者一支笔。不一会儿，客厅里便没了小男孩的踪迹。午饭时间快到了，我们挨着房间找他。在主卧，小静正站在飘窗窗台上，看向不远处的一片人工湖。我家在七楼，天气晴好，此刻窗户大开，且没有加装防护栏，窗棂刚过孩子的半身……有风徐徐吹来，静谧之间，险象环生。张国华轻柔地呼唤孩子，片刻孩子回过头，拍拍手，笑嘻嘻地跳下窗台。我悬着的一颗心这才落地。

如今，我眼前长大的小静，已经能简单地与人交流，甚至好奇地问我住在哪里。

那天，张国华的妻子王老师也来了。我同他们一家三口坐在咖啡店靠窗的一个角落里。高大的小静与魁梧的父亲挤在对面的短沙发上，王老师则跟我坐在一起。小静很亲近父亲，不停地跟他说话，不过词汇量有限，翻来覆去就是简单的几句话，“好不好”“行不行呀”……

一个扎着马尾的女孩向我们递上了饮品单，同时附上一块简易的液晶写字板——她是聋哑人，需要什么，可以写到那块板子上。“来，小静，你先看单子，要喝点什么，就写下来。”张国华对儿子说。闻言，小静便拿起饮品单，仔细看着：“爸爸，我要喝水果茶。”“好，那你把‘水果茶’这几个字写下来。”小静依言一笔一画写着，“水果”这两个字写得很顺利，就是“茶”字划拉了好几下。“茶，是一种植物，所以最上面是草字头……”张国华像极了一个正在教学中的语文老师。小静点点头，从最末尾的笔画写起，最后添了个草字头，终于把“茶”字写好了。接着，他按照父亲的教导，礼貌地把饮品单伸到我面前。小静把几个人要喝的饮料名称一一写好以后，欢快地蹦跳着去了前台。沿路碰到一个稍显木讷的同龄人，他还打了一个招呼。看起来，小静对这里很熟悉。

原以为，小静会在前台逗留一阵，观察饮料制作过程，可几分钟后，他就坐回父亲身边，亲昵地挽着父亲的胳膊。

饮料来了。张国华的那份是小静帮他点的，饮品的最上层是鲜奶油冰激凌。这显然流露着孩童的趣味。父亲看透了儿子的小心思，把自己这杯递给儿子：“来，你先尝一口。”小静点头，兴高采烈。

张国华告诉我，小静已学会使用微信二维码付款，他虽然没有具体的数字概念，但微信钱包里只要有能买到一杯奶茶的现金，就很有安全感。

我和张国华夫妻聊天的间隙，小静时不时插话，似乎是在努力了解我们的交流内容之后，想要补充自己的看法。

我们聊到了一位母亲。那是位高明的外科医生，门诊一号难求，如果有她作为主刀医生上手术台，几乎等于万无一失。更重要的是，在病人及家属口中，她的医德和医术一样无可挑剔。这样有着“成功人士”身份的母亲，把自己患有孤独症的孩子送去了老家，只在逢年过节回去看望。没有人知道这个母亲的心路历程。我们还聊到那些生了“二胎”的孤独症家庭。

“爸爸，我很乖，对不对？对不对？对不对？”前一刻还没心没肺笑着的小静，听到“二胎”这个词，突然摇晃着张国华的胳膊，大声嘟囔着。这一下，我确定小静能够听懂我们交流的某些内容，或者说，某些内容是小静一直在意的。

“小静，等一下小童要去送餐了，你跟着他一起去吧。”王老师用鼓励的语气对小静说。小静闻言，立刻起身，跑向正提着打包盒往外走的小童。

小童是店里唯一有智力障碍的残疾人。“一角咖啡”这个公益服务项目，旨在解决残疾人就业的“最后一公里”，但按照创始人朱佳云的理念：“‘一角咖啡’不是收容所，我们卖的是品质咖啡，不是遭遇。”他一心帮助自强不息的残疾人，这里有专业的聋哑人咖啡师，能够设法引导客人感受一杯咖啡中暗藏的花香和果酸，而小童无法品出如此细腻的滋味（是的，他只能告诉你这个是好吃的，具体怎么个滋味，无法形容），亦无法弄清饮料制作的繁复程序，只能做个送餐员，而且送餐范围仅限几栋住院楼。

小静很想像小童一样，有一份工作。他压根儿不知什么叫作“生存”，喜欢工作只是发自本心，喜欢几个同龄人一块儿做事的场景。小静曾经工作的那间汽车美容店年初已关门了，几个月来他一直想再去上班。知道他家附近新的“一角咖啡”分店正在装修后，这段时间每天都要煞有介事地到装修现场去瞧一瞧。

刚才我们坐下不久，朱佳云就来了。小静见到“前老板”，立时换上了一副敬畏的神情。朱佳云是管得住小静的人。

“你的新店什么时候开呀？”小静小心翼翼地问朱佳云。

“还要再等一段时间。”朱佳云回答道。

“哦……”小静悻悻地点头，像是把刚涌上来的某句话咽了下去。

在聊天中，张国华告诉我，他准备从深圳回来。离开重庆的时候，儿子还是个刚变音的半大小子，现在长得比自己还高了。张国华为回归做着准备。首先还是要继续找事做。休假的这些天，只要出门，便会格外留意街边正在转让的小型店铺，但找到合适的并不容易：有个贴着“门面转让”的小门面，不足十平方米，月租金却喊出一万，吓了张国华一跳。

和妻子一起看护长大的儿子，是让张国华决定回归的最重要的理由。前几年是妻子和岳父、岳母三人一起带儿子，如今岳父过世，岳母回了湖北老家，家里只剩下母子俩。和小时候一样，小静时不时会困在“自己的世界”里不能自拔，喃喃自语，甚至手舞足蹈，旁人永远不知道他此刻正经历着什么。如果情绪反应激烈，母亲必须上前近身安抚。孩子小时候抱在怀里就好，可是对于一个二十出头的壮小伙，已经老去的母亲渐渐力不从心。

王老师告诉我，在孩子们当中，小静算是很好的，生活能自理，出行都不是问题，有的孩子情况差到家里人无法看护，只能送去特殊的机构。聊天之余，她的目光一直没有离开咖啡店里那几个忙忙碌碌的聋哑人。“你瞧，他们这样多好。”母亲的羡慕之意不由自主流露出来。

王老师口中的“孩子们”，在这座城市里，最大的已年过四十。这些患有孤独症的孩子，也被称为“来自星星的孩子”。可“来自星星的孩子”终究也有长大的一天，更多的烦恼随之而至。

那天临告别时，张国华问我：“你要写写他们吗？”

“我想做这件事。”我回答他，但语气并不十分坚定，因为，我的内心深处尚有一块东西不确定。

二

谱系

张国华一直认为自己的孩子不是真正意义上的孤独症患者。因为没有医生确诊过，他们只是长期按照孤独症来治疗、干预和康复。

“这是一个大家族，有着多种共同或相似的症状，通常称之为‘孤独症谱系障碍’。”唐毅给出了答案。这应该可以解释张国华的疑虑。我后来发现如张国华所说的这类情况并不少见，大家在交流或求医时都简略而隐晦地称之为“谱系”。不知何故，“谱系”这个词，竟与我内心深处某种探求同频共振。由此，我开始正式走访孤独症患者家庭和机构，并研读相关文献。

年过花甲的唐毅，在重庆的孤独症患儿家长的圈子里很有名气。她不但是一个孤独症孩子的母亲，还是关怀大龄心智障碍者公益组织的主要负责人。她的儿子早已年过三十，算是较早确诊孤独症的患者。

“久病成医”的母亲唐毅，瘦削且精神。我见到她，是在一个特殊的烘焙工作间。这个烘焙间专为心智障碍者开设，位于某社区便民服务中心一楼，约莫二十平米。参观完烘焙现场之后，唐毅带着我，走进工作间隔壁用于存放原材料及杂物的房间。在浓郁奶香味包裹下，我和唐毅面对面坐在房间狭窄的过道上。她像一个专业医生一般，通俗化地向我介绍她所认知的孤独症。

“孤独症谱系是一种广泛性发育障碍疾病，会引发患者不同程度的社交、沟通和行为障碍。孤独症患者外表与其他人没什么区别，但交流、互动、行为和学习方式可能会表现得不同于社会上其他大多数人。”

这时我忽然明白，为什么小静到鉴定机构评残的结果总是“四级”——从第一次鉴定，小静就一直停留在这个等级——因为无论怎么看，他都是个阳光帅气的大男孩，那种互动交流的异常，一时半刻不会显露。事实上，小静日常遭遇的诸多困境，都不能以“四级”而论。比如找工作，有个评为“三级”的智力障碍者在残联的引荐下，应聘去塑胶厂已有两年。小静却不行，一旦去到新的工作单位，只需一天的观察，他便有很大概率会被劝退。

唐毅告诉我，中国是1982年确诊第一例孤独症患者的。但谁是这第一例孤独症患者以及究竟是哪位医生确诊的，她一时没法说清。

之后，我继续查询相关信息，发现究竟谁是全国第一例孤独症患者以及患者发现年份，存在着不同说法。

——关于陶国泰教授对孤独症的诊疗，这是来自“健康界”的消息。

“那是一个来自长春的六岁男童，孩子不会说话，手里抱着一块红砖，只要有人想把砖拿走，他就会紧张和哭泣。”已故儿童精神医学泰斗、南京脑科医院陶国泰教授曾对媒体追忆确诊我国第一例孤独症患儿的情形。那时，国人尚未听说过“孤独症”或“自闭症”。1982 年，陶国泰教授在《中国神经精神科杂志》上发表了题为《婴儿孤独症的诊断和归属问题》的论文，记载了我国最早发现并确诊的四名孤独症患儿。

最遗憾的是，这种疾病竟然无解。“治疗孤独症从来就没有特效药，每次面对患儿父母期盼的眼神，我非常想帮他们，但我开不出处方。”2018 年，一百零二岁高龄的陶国泰教授去世，他毕生都在研究孤独症相关课题，但也对孤独症诊疗流露出无奈。

病因不明，无药可医，康复治疗以单纯行为干预为主，这一状况至今也没有得到改变。

——关于中国首例确诊的孤独症患者“王阳”，来自“知乎”。

“知乎”认证为“北大医学博士”的吉宁，在帖子中提到：1981年，我国第一位孤独症医学专家杨晓玲从美国学成归来，在北医六院开设孤独症医学专科门诊，之后，与学生贾美香一同诊断了我国首例确诊孤独症的孩子——王阳。

贾美香医生回忆，最初看到这个孩子，曾诊断为发育落后甚至精神分裂。直到她的老师杨晓玲教授从美国带回孤独症的诊断标准后，十三岁的王阳重新被找出来，并确诊为孤独症。

——据《成都日报》“锦观”的消息，我国第一例孤独症患者的确诊是在1978年，此后有很多孩子陆续得到诊断……

1978，1981，1982，谁是国内首例？

事实上，具体考据的意义并不大。即使确定了“首例”，也只是在我们的医学发展到了一定程度之后的“首例”，在那之前，孤独症已存在了很多年。最重要的是，不论是否被明确命名，孤独症都是一个世界性的“疑难杂症”，无数患者及家庭仍在苦苦求医，祈祷良方良药。

最值得关心的问题是，那些确诊时尚且年幼的患者，他们如今怎样了？

湃客"医学界"在2021年曾发过一篇《"孤独症一号"病例五十二岁了，他现在如何？》，讲的正是长大后的王阳的故事。

王阳确诊时，国内医学界对孤独症了解得还不够深入。后来王阳辍学回家，一直跟着母亲和姥姥生活。奇特的是，小时候的王阳展现出超强的计算能力，待他长大一些，家人便为他安排了街道小卖铺的工作。可是，每当顾客进来，他都会扭着别人问是哪年出生的，不知就里的顾客自然很是尴尬，小卖铺这份工作显然不再适合他。此后，王阳的家人又通过残联介绍，尝试让他去洗车房、快餐店等处工作，但最终都因他无法与人交流沟通而宣告失败。

近四十年的时间里，王阳在家庭的庇护之下，从少年到青年再到中年，始终未能成功融入社会。他的父亲去世后，数十年来历经坎坷的母亲，想让儿子能够"自食其力"。除了自己的亲人，长大的他并没有更多的依靠。社会的相关保障政策不断发展，但远远不足以让王阳的母亲安心。

2021年4月，王阳的母亲身患癌症，经多次化疗依然无力回天。她万般焦急地呼喊："我不能倒下，我要给儿子找到出路！"为了帮儿子寻找安身之处，她把求助电话打给了北医六院贾美香教授。贾美香经过联系和协商，将王阳安置到北京市启渡残疾人服务中心，这是一个设立在通州区张家湾镇的大龄成年教育康复与托管服务中心，主要安置中重度智力残疾和孤独症患者。

如今，母亲已经离世。五十多岁的王阳，在世界上唯一的亲人只有妹妹。

孤独症，是一种让整个家庭陷入无尽痛苦的疾病。生活有多面，痛苦亦有多面，其间最大的困境是，长大的孤独症患儿或说孤独症谱系障碍患者，未来何去何从？社会能否接纳他们？这样的困境，困扰着的不仅是王阳及他的亲人，而是千千万万个不幸的家庭。

外人无法体会，退役军官张国华随着儿子一天天长大而如野草般狂长的不安全感。这种不安全感，萌芽于从医生那里得知儿子的病无解。

坚强如唐毅，带领着同样境遇的妈妈们与命运“全力一战”，却也会在某些特殊时段陷入崩溃。

凌晨两点，三十多岁的儿子小点在床上扑腾着叫嚷，陪伴在侧的唐毅努力稳住心神，像哄哭闹的初生宝宝一样耐心劝慰。她已经记不清之前曾有多少个令人焦灼的夜晚。一番哄劝并未立即奏效，小点的叫嚷继续，在万籁俱静的深夜格外突兀，还好，没有邻居提出抗议。唐毅疲倦的眸子悄然浮起一层雾气，动作也滞缓下来，但只片刻，雾气消散，她又继续打起精神劝慰安抚焦躁的儿子。

无法治愈的睡眠障碍伴随着小点，自小到大。他无法说清为何难以入眠，以及令他夜里惊惶不安的东西到底是什么。调查表明，睡眠障碍是孤独症谱系障碍最常见的伴发症状之一。张国华也告诉过我，小静有比较严重的睡眠问题——他每天晚上都要拉着母亲一遍遍重复说晚安，这个过程还必须有“仪式感”，讲究姿势、神态和语言，待这些过程结束，他才能睡下，此时通常已是凌晨时分。

家长陪着孩子睡觉，在孤独症家庭是常态。我能够设想母亲陪伴成年儿子入睡可能遭遇的尴尬。像唐毅这般的高校老师，本应更在意某些细节，比如边界感之类，但孤独症的存在打破了一切。

唐毅对于陪儿子入睡已经习以为常。她也尝试过让小点单独在房间里过夜，但她发觉，哪怕分开，她也没法好好休息，因为她的一颗心挂在儿子身上，隔壁房间一点点风吹草动都会让她惊觉。她云淡风轻地告诉我:“就算不在一个房间，他叫嚷起来，我也不可能安睡呀。”

小点是1989年确诊孤独症的。那一年，小点三岁，不会说话，也不喜欢与人交流，不仅喊不出“爸爸妈妈”，拿着时新的玩具逗弄他，他的目光也会飘移到别处。是的，小点毫不在意亲人的呼唤，甚至没有什么东西能让他的注意力聚焦，他还常常会因为某种莫名的刺激而惊叫。与同龄孩子相比，小点孤僻敏感，明显与众不同。唐毅带着小点跑遍了医院，但医生都说不好这是什么问题。一个偶然的机会，唐毅接触到一本育儿杂志，翻到一篇关于“孤独症”的文章。文章很短，甚至只有一页纸。唐毅还记得，她一个字一个字看得分外仔细，记录在书页上的每一条孤独症症状，都仿佛正中靶心的利箭——她心爱的宝贝可能患上了一种罕见的病。这一页纸给了唐毅一个方向，她紧接着去了书店，希望找到更翔实的记录或者说明，但并不知道应该翻找哪一类医学书籍。她还记得，那个闷热的下午，她一刻不停地找书、翻书，额头因为焦灼和天气的缘故沁出了一层密密麻麻的汗珠。两个小时后，她终于在“儿童精神病”的书架上找到了两本记载有孤独症的专业书籍，书里提及孤独症是“广泛性生长发育障碍”，症状和问题很多。不久，小点在重庆医科大学附属儿童医院的一位教授那里被确诊为典型的孤独症。

悬疑彻底落地，生活的艰辛也由此正式拉开序幕。未来的希望和光芒已经被阴云遮蔽，家长带着幼小的孩子开始与无解的疾病搏击。从小时候的干预、康复，到长大后去专业特教机构训练生活技能，整个家庭倾尽全力。高级知识分子唐毅的优雅矜持，也在日复一日的不同试炼中渐渐被磨去。

随着孩子年纪渐长，自救和互救最终成为唐毅的选择。如今儿子小点在一家设立于区县的专业机构寄宿学习，周一去周五回，如同一个住校的中学生。

第一次见到陈丽，也是在与唐毅见面的那个烘焙间隔壁的狭窄过道。张国华的爱人王老师告诉我，和唐毅一样，陈丽也是那个特殊烘焙间项目的合作者。为了确保我走访顺利，王老师在电话里与陈丽沟通之后，让我先加她微信。晚上，看到陈丽通过我添加好友的申请，留言"要过来提前联系"，我心中一块石头才落了地。在此之前，除了张国华明确表示支持我"写一写长大的孩子们真实的生活情形"，我的走访很是艰难。有一位在事业单位工作的家长，原本承诺带着二十七岁的女儿与我见面，可临了却推说有事，如此反复几次，我便知晓她心中自有难处——在外人面前展现遗憾是需要勇气的。事后想来，在约那位家长时，我可能忽略了她有意无意的一句话："孩子的事情，我们单位没人知道。"

见面那天，陈丽带二十岁的儿子小城来烘焙间做点心。待到陈丽过来挨我坐下，小城也时不时进来傍着母亲，好奇地问这问那。

和唐毅家的小点一样，小城也是三岁时被确诊孤独症。

当同龄孩子都能简单对话，有的甚至开始背起古诗时，小城依然只能咿咿呀呀。哪怕陈丽拼命对着他说话，焦灼而期盼地看着他，孩子稚嫩的目光依然飘忽不定。起先，陈丽以为他听力有问题，到儿童医院检查，这个可能很快被排除。不久之后，小城被儿童医院确诊为孤独症。

小城幸运地在位于重庆市沙坪坝的普通学校就读，完成了九年制义务教育——是的，这样的幸运背后，一定包含着被拒绝的经历以及一些社会偏见。那些年，小城是班里特殊的存在，嘴里时不时蹦出一些没有意义的话语，有时还会突然间陷入自我的小世界，做出一些突兀的举动。陈丽自觉担任了陪读的角色，坐在教室最后一排的角落，默默陪着孩子。原本，陈丽认为以小城这样的情况，上学权当融入社会的一种方式，不指望他真能学有所获。令她没有想到的是，小城竟然能听懂数学课，还会颇有兴趣地做算术题。

同样幸运的是，特殊的小城在班里一直被同学们爱护着。只有一次，小学时的某个课间，小城蹦跳着跑上讲台，将老师上堂课留下的板书给擦掉了，有同学冲上前去打了他一巴掌。陈丽见到委屈哭泣的儿子，没有半点迟疑，立刻找到老师为孩子做主。

“是的，我们做父母的一定要首先让孩子知道，我们爱他。”陈丽说。

陈丽从小性格内向怕羞，自从小城确诊后，她几乎把所有精力都投注到孩子身上。为母则刚，胆气也就一天天蓬勃。小城喜欢某个火锅店的宣传图，但语言表达能力又不好，跟火锅店的大姐说了半天，人家也不明白他的意思。陈丽就带着孩子到那家火锅店，赔着笑脸向店员解释并讨要那张色彩斑斓的宣传图。

与陈丽对话，让我想起了一个故事。美籍华人蔡思谛出生于 1974 年，三岁半被诊断为典型孤独症。当时美国的相关资料和资源也并不是很多，在缺少支持的环境里，一家人艰难行进四十年，最终帮助思谛自立于社会，就职于一家图书馆，并在超市兼职做理货员。一个语言能力缺乏，只会讲一点点话的"低功能"孤独症人士，却拥有两份工作。他的父母整整四十年的心路历程和育儿经验值得国内家长借鉴，其中最重要的，正是爱与陪伴[1]。

不管孤独症谱系障碍患者的主要症状如何不同，总有共同的表现将他们关联在一起，孤独症家庭也是如此。

孤独症与智力障碍被人们统称为"心智障碍"。我在走

---

1 参见蔡逸舟、蔡张美玲《养育星儿四十年：一个孤独症家庭的心路历程》，华夏出版社2016年版。

访中发现，许多家长都关心同一个问题：比之广为人知的智力障碍者，孤独症患者更难融入社会。

我对这个说法很好奇，便去请教了几位熟悉的心理咨询师。有两位没有给我明确答复，因为他们觉得这个问题很少有人研究，就社会心理学的角度而言也很复杂，他们“不好回答”，只有一位不愿具名的年轻的心理咨询师给了我一个回答——

从医学上讲，孤独症与智力障碍都是因脑部问题引起的疾病。孤独症是神经性广泛发育障碍疾病，至今发病机理尚不清楚，且预后较差，是目前世界医疗、教育部门正在关注和研究的对象。而智力障碍多为基因问题或因脑缺氧等造成的脑损伤而致，很早就被人们所关注。因此，对智力障碍人群的教育康复研究已比较成熟系统。从社会学上讲，智力障碍造就的缺陷和损伤是可知可控的，这样一来，他们能够做什么便很明晰，明晰就意味着“可能有用”，他们最终或有机会成为社会这部大机器运转所需的零件；而孤独症的诸多症状都指向“社会性缺失”，不稳定的情绪成为最大的不可控因素之一，这样的情况大概率会招来社会排斥。尽管随着对孤独症的了解增多，来自政府、社会和家庭的力量，都加入对孤独症群体的关注中，人们一直尝试着去理解、去关照、去共情，但孤独症患者最终仍可能成为游离于社会之外的边缘人群。

三

今天
要不要上班？

我独自去了渝中区某大型商场。朱佳云当初为心智障碍者融入社会而开的汽车美容店，就在商场底部。经过疫情防控期间的艰难运营，这家小店已在 2023 年春天正式关停。从商场一层到这里，不大方便，乘电梯下去，还要在迷宫般的负二层弯弯绕绕寻觅半天才能找到。

朱佳云牵头做的民办非营利性公益组织，名为“重庆市渝中区圆梦助残公益服务中心”，承担政府的残疾人培训及服务项目。这样的公益性社会组织，老百姓可能并不了解，事实上，当下许多街道社区所购买的残疾人扶助或者心理辅导等服务，都来源于这样的组织。朱佳云的公益服务中心因此获得的收益称为“机构发展金”，主要用于发工资、办公设备添置等支出。

这个仅仅运营了两年的小小汽车美容店并不是朱佳云的第一个项目。他是一个不走寻常路的人，数年前怀抱创业的想法从单位辞职。但现实并不如人意，他的创业屡遭失败，一次偶然的机会，他接触到市残联，目光渐渐触及残疾人这一群体。对于大学时主修心理学的朱佳云来说，五类残疾人，他都有自信能渐次在交往中，得到他们及家属的理解和信任。

他牵头接下的第一个公益项目是盲人按摩培训，要带六个手法娴熟的男性盲人按摩师到几个区县开展培训，当然，接受培训的也是盲人，那些急迫等待自食其力的成年盲人。

几天相处下来，他对这六个人的习性爱好了如指掌。朱佳云发现，残疾人的残缺，“五感”中总有别的代偿。他把那些盲人按摩师带到酒店房间，领着他们走了一遍，告诉他们哪里是床铺，哪里是卫生间，哪里是茶几，特地交代，搁在书案边上的烧水器尽量不用，如果要喝热茶就叫他或者酒店服务生。接他们下楼用餐时，他看见一位盲人按摩师正用烧水器里刚烧好的开水冲泡花茶，动作娴熟，与正常人相差无几。他还看见另一位盲人按摩师换上了酒店里的睡衣，惬意地半躺在床上用手指“阅读”一本页面凹凸不平的盲文图书。午餐的饭桌上有鱼有排骨，正当朱佳云懊悔着不应该点这些对盲人来说可能暗藏危险的菜肴时，按摩师们已经你一筷我一筷津津有味地吃起来，鱼肉咽下去，刺和骨头熟练地吐出来。盲人的筷子都长了眼睛，朱佳云的担心显然是多余的。盲人于黑暗中的方向感、触觉和直觉，好到令人拍案叫绝。

对于朱佳云的细心和体贴，盲人按摩师们都能一一体察，并在艰苦的培训中回馈。第一个项目圆满成功。如果说原先朱佳云对于残疾人的了解仅在接触的浅表层或者道听途说，那么第一个项目让他得以深入这个群体，产生共情共鸣，做公益组织的“自信”转变为“有把握”。他开始招揽同道中人一起做公益服务中心，同时把眼光转向更多不一样的残疾人群体。

2020年初冬，在那座人气算得上兴旺的商场地下层，他得到了有关部门支持的四个免费车位，把帮扶的目标转向成年心智障碍者，尤其是长大的孤独症患者。和之前做盲人按摩培训项目一样，朱佳云再次“自我投入”，十五万的设备加基础装修，还有一万多元用于建立排污管道。一切有条不紊地进行着。很快，朱佳云做汽车美容培训、提供就业机会的讯息，通过各种微信群直达家长那里，许多心智障碍者的家长积极报名，同时报名的还有聋哑人。

张国华等人曾告诉我，有不少城市的孤独症患儿家长自发建立了联系群，用于互通消息。这些群通常有上百人。不同的群有不同的功能，比如学龄期孤独症患儿家长们建的“康复训练群”，成年孤独症患者家长们建的“技能培训群”“社会融合群”。建立联系群的一个目标就是“就业”，家长们并不关心一份工作能拿到多少报酬，而是期待一份工作能够让已经长大的孩子借此慢慢融入社会。研究表明，孤独症患者如果与社会紧密接触，症状或能得到一定程度缓解。

几个月的专业培训后，有三名学员留了下来：小静和另一名差不多同龄的孤独症患者小安，以及一个智力障碍青年。朱佳云告诉我，培训期间陆陆续续有学员找到其他工作离开了，大部分是聋哑人，招聘他们的，多是一些有流水线作业的工厂。

2007 年 5 月 1 日，我国《残疾人就业条例》正式施行。根据这一条例，用人单位应当按照本单位在职职工总数 1.5% 以上的比例安排残疾人就业，并为其提供适当的工种和岗位。安排残疾人就业达到、超过规定比例或者集中安排残疾人的用人单位，依法享受税收优惠，免收残疾人就业保障金。当下，许多企业都主动承担起社会责任，成批招聘残疾人上岗。其中，聋哑人得到的机会更多，因为他们在言语交流上虽有欠缺，但工作能力并不比普通人差，手脚和双眼非常灵活，干起活来很麻利，也很敬业。

统计显示，在我国的视力，听力、言语，智力，肢体，精神五类残疾人中，听力言语残疾（聋哑）就业率名列前茅。2015 年出版的《中国孤独症家庭需求蓝皮书》[1]统计，被划

1 参见中国精神残疾人及亲友协会编著《中国孤独症家庭需求蓝皮书》，华夏出版社 2015年版。

归为“精神残疾”的成年孤独症患者就业率不到10%。此后数年，这个数据几无变动。与之相对的是孤独症发病率的不断增高。相比于聋哑人，这群长大的“来自星星的孩子”在融入社会方面有太多看得见和看不见的壁垒。

小静为入职汽车美容店做足了准备。参加朱佳云组织的培训之前，他还专门在相关机构学习了一段时间。他的父母希望这次“入职”能够顺顺利利。因为这已经不是小静第一次尝试“上班”。半年之前，小静曾有一份洗车的工作，但仅仅做了一天便被辞退了。原因是管事的经理发现，他来到陌生的工位后，显得格外好奇，跑前跑后向正在干活的同事提出各种意想不到的问题，影响了同事干活。那一次的打击，让小静和父母都很沮丧。张国华发现，本来就很敏感的小静，在许久不出门的情况下，更容易陷入自我的世界，不能自拔。

到朱佳云那里“上班”的前一天，张国华夫妻对儿子千叮咛万嘱咐，让他一定要有“记性”，小静诚恳地点着头，说：“我记住了。”但当他告别家人独自一人去上班的时候，很多事情又变得“身不由己”。

小静的优点之一是个人生活基本能够自理，包括自行外出。换乘地铁轻轨，小静很感兴趣并且非常熟练。每天吃过母亲准备的早餐后，他自己乘坐轻轨，从沙坪坝区到朱佳云位于渝中区的汽车美容店。朱佳云很快发现，尽管小静很早出发，但依然常常迟到，并且一迟到就是一两个钟头。通过询问和沟通才知道，只要路上发生点儿热闹事，小静便会忘记自己此行的“目标”，停下脚步，好奇地观望，迟到自然是常态。朱佳云发现小静也有自己的软肋——害怕被扣钱，于是果断出手，从小静的当月工资里，扣了十元钱作为惩戒。十元差不多就是一杯奶茶的价格，小静的“安全感”动摇了。害怕战胜了惯性，他上班开始准时准点。

在店里，小静活泼爱笑，嘴里还时不时说出几句成语，是一个可爱的小伙。冲掉泥沙、喷洒洗车液、用洗车海绵擦拭车身、清除污渍、将车身水分擦干……这些关键的洗车步骤，师傅一再对小静强调，小静也表示全部记住了；但隔了一个周末假期，待到周一再来，他又忘记了应该先从哪里做起。像小静这样的情况，工作时很容易滞留于一个细节，比如擦拭车窗，如果没有人提醒，他会一直只专注于那扇车窗，哪怕车身有再多污垢，都视而不见。

小安和小静一样，很喜欢在这个汽车美容店工作，每天早早地从十余公里外的家里赶来上班。小安是家长群里公认的“好孩子”，在朱佳云的印象里，他几乎没有出过什么大的纰漏，即使偶尔躁动不安，也是一过性的。但小安脑子里仿若植入了一套“固定程序”——他早上起床时间固定，中午十二点必须准时吃饭，下午六点则要准时下班，一分钟不能多，一分钟也不能少，否则就会情绪失控，涨红着脸喊叫。同样，洗车的时候，小安也严格按照程序，所有环节和细节，无论发生什么都不能打乱，否则他会手足无措。

朱佳云体贴地理解着在这里工作的每一个“特殊”大男孩，他们身上的每一点变化，都令他分外喜悦。比如，小静渐渐能够集中注意力了，小安也比初来时更加活泼，积极主动与人交流。

他也在探索小静、小安他们工作中的问题该如何解决。他发现，在一个公益组织为大龄唐氏患者开设的洗车场里，为防止员工弄错弄混洗车步骤，采取了每名员工承担一个步骤、数名员工依次流水作业的方式。朱佳云感叹这个方法绝佳，可惜自己的场子太小，无法施展。

从 2022 年春天开始，商场人流量锐减，本来位置条件就不大好的汽车美容店生意越发冷清，苦苦支撑了将近一年，2023 年 3 月朱佳云忍痛关掉了这家店子。

“孩子们都有上班的渴望。”朱佳云告诉我。在汽车美容店的微信群里，小安几乎每天都问：“明天上不上班？”他也连续不断地给朱佳云私发微信：“今天我要不要上班？”小安妈妈劝说儿子：“不要打扰到朱老师，朱老师他现在遇到了困难。”小安似懂非懂。朱佳云曾尝试着不再去回复，但就像小安曾刻板重复的一个个生活或工作步骤一样，同样的问题依然每天如约而至。

“小安在汽车美容店里的一年多时间，充分体会到融入社会的乐趣。人毕竟是社会性的，无论他天生有着何种缺憾。”朱佳云说。

在朱佳云手机上，我看到刷屏的齐齐一排“今天我要不要上班？”我没有见过这个执着发问的大男孩，但此刻他的面貌却从这不断重复的问话里凸显而出。他应该有一双充满渴望的眼睛吧，眼里亮闪闪一层——是的，一层泪光，就像突然看见这整齐划一的一排排文字的我。

我要写他们，这一刻我突然确定了。

2022 年朱佳云又发起了另一个解决残疾人就业的项目，6 月第一家“一角咖啡”在重庆市渝中区上清寺街道美专校社区试运营，9 月 9 日正式运营。当天就有不少单位发出开设分店的邀约。不久，“一角咖啡”启动了为期三十天的聋人咖啡师培训项目，不仅不收取学费，还提供午餐和交通补贴。在某知名民营医院帮助下，“一角咖啡”进驻其渝北院区。2023 年 4 月，紧挨制药三厂的沙坪坝店开业，这里离小静的家很近。遗憾的是，小静做“外卖员”的理想落了空——这里的分店主要面向制药三厂员工，而药厂对环境卫生的要求极高，不允许外人进入。

对张国华来说，所谓休假实则忙碌不停。带着儿子做点小生意的想法并没有动摇，唐毅、陈丽等带着孩子做烘焙的实践鼓动了他。能做烘焙，为什么不能试试卖小面呢？在赫赫有名的某连锁店，卖了十几年面的大姐带着张国华参观了后厨摆得满满当当的各式佐料。好家伙，至少有二十道！并且，这二十多道佐料不是随意往碗里一搁了事，有次序、有先后，还得掌握分量。参观完后厨，张国华带着小静开面馆的想法无声地熄灭了。因为他知道，小静压根不可能记得住那些复杂的工序，一碗小面并不比一杯手磨咖啡简单。

有一位孤独症患者的家长曾说，就算都是残疾人，有的残疾类型通过训练就可以顺利融入社会，靠着自己的劳动生活，与常人无异。在张国华感叹于创业理想破灭之际，一家特色冰粉店又悄无声息地在不远处的商圈开出一个分店。这家冰粉店甚至在抖音上有近万粉丝。大多数人并不知晓的是，老板是一位腿脚不便的残疾人，年少时便被母亲从乡下带到城市做街头小食，肢体残疾却头脑精明的他，把不起眼的营生越做越大。

创业的路既然暂时无法走通，那么有合适的就业渠道也好。张国华前往区残联咨询企业用工事宜。虽然没有抱什么希望，但一番咨询下来却让他浑身发凉。

区残联的工作人员告诉张国华，按照相关规定，残联帮忙联系的工作，必须达到市内最低工资标准，至少签订一年的合同。事实上，硬要按照这个标准去套，一般企业是不可能聘用小静的。且不说工作能力如何，孤独症谱系障碍患者很可能在工作过程中出现突发的、意想不到的情况，此时如果没有专人在旁边照看，后果难测。基于这种情况，一般企业都会感觉“担不起这个责任”。因此，在面试或一天的“实操”后，小静等人极可能成为企业想方设法“屏蔽”的对象——在相关劳动法规逐渐健全的今天，谁也不愿主动去惹上麻烦。

虽然有些沮丧，但张国华却能够理解残联和企业的苦衷。就在他离开不久，接近下班时间，那个被介绍到塑胶厂工作的智力障碍男孩给残联工作人员打来电话，聊着现在的工作和生活。

对于这样的电话，区残联的工作人员已经习以为常。那个被鉴定为“三级残疾”的智力障碍男孩很会聊天，甚至比正常人“聊得还好”。

四

妈妈们的“战斗”

陈丽发觉，小城这两年有些躁动不安了。一般情况下，孤独症孩子会在青春期来临后度过一段比较艰难的时光，他们极度敏感，遇见一点儿小事就容易发怒，歇斯底里地喊叫，让家长很难控制。之前陈丽庆幸小城是个听话乖巧的孩子，那些传说中的“关键时间节点”轻轻松松就过去了，但现在小城似乎也不那么听话了，他有了很多家长猜不着的心思。就像这会儿，他在靠窗的那一块地方来回跑动着，嘴角上扬，大家都不知道他有什么开心事。

——或许，正常的大脑倾向于忽略细节，孤独症患者的大脑倾向于关注细节而非更大的概念；或许，孤独症患者与普通人一样，有内心世界，有内在生活，同样有表达的需求；或许，孤独症患者只是以他人几乎无法想象的不同方式构建他们的世界，体验他们的生活。[1]

1 参见坦普尔·葛兰汀《天生不同：走进孤独症的世界（增订版）》，中国人民大学出版社2020年版。

快到中午十二点了，烘焙间的工作暂告一段落，妈妈们带着孩子收拾好揉搓面团的工作台，铺好桌布，把它变成了一张可以围坐十个人左右的方形大饭桌。饭菜以及汤已陆续端出，暂时放在一旁的小条桌上。晃眼一看，现场好似某个单位小型食堂。

那个穿着深色衣裙的瘦削女孩，先前不断进出储藏间拿原材料，因而频频出现在我眼前。临近饭点，那个女孩跑前跑后很是勤快，这是一个早年因为癫痫频繁发作导致智力受损的花季少女。还有那个正与妈妈说笑的男孩，曾经非常聪明，哪怕在学校读书都备受老师同学称赞，不料一场突如其来的心脏骤停使得他的脑部缺氧形成不可逆的伤害……这个烘焙间里的年轻人，都是不同程度的心智障碍者，包括小城、阳阳等好几个孤独症患者。二十五岁的阳阳在其中算得上能力不错的男孩，不用妈妈太多帮助，他做“切块蛋糕”几乎一气呵成。算下来，这个烘焙间一共有三个孩子能够独立完成烘焙制作中的所有流程。

这一天是周一，一周里最繁忙的一天。在这个特殊的烘焙间里，学员是孩子，妈妈则是培训助理。原本这样的劳作并没有什么既定的经济目标，但他们烘焙的蛋糕和桃酥意外得到了某酒店的认可和赞许，近三个月来，他们一直在给酒店配送早餐和点心。

这是唐毅和几位妈妈的试验，或者说试图为孩子的未来探出的一条路子——带着他们，从生活中最寻常的点滴做起，让他们终有一天能够微笑着独自去面对生活。

烘焙，只是这个由特殊家庭的母亲和成年孩子一块儿组成的互助组“心之屋”大龄项目的重要活动之一。

除了固定在周一、周二的烘焙项目，每周四几乎雷打不动，五个妈妈和六个孩子都会忙碌在歌乐山上一个农场里。

西南很多城市都在郊区开辟了这样的农场，作为乡村旅游项目，让城里人前来享受乡野乐趣。但对于这群妈妈和孩子来说，这里就是一个重要的实践课堂。妈妈们带着尚不具备独立工作生活能力的成年孩子们，在农场里劳动和生活，通过接地气的锻炼，获取进步。

仲春时节，地里的莜麦菜长得正是肥嫩。春天的喜悦是极富感染力的。有孩子一只手抓住整棵蔬菜，用力一拔，那青菜就像红萝卜一般连根拔起，也有孩子出手只摘取一半叶片。采摘蔬菜是农场里最简单的劳动。妈妈做示范：你看，怎样完整摘下叶片，这些发黄的虫洞太多的不能要……有的孩子对妈妈手里做的活儿颇有兴趣，不多一会儿也就学会了，在地里干得起劲；有的孩子老是弄不明白，还得妈妈在旁边手把手地教。一两个小时过去后，菜篮子里满满当当的。

毕竟春天有太多好看的景致，远处有成片的粉桃花、洁白的梨花，近处有一簇簇金黄的油菜花，棉花草伸出了毛茸茸的粉白花薹，田间地头两只鸽子般大小的斑鸠点着头觅食，这些让常年生活在城市里的孩子们看得入神。

妈妈们看孩子们这么开心，心里也高兴。可是地里的活儿干完了，还有厨房里的许多事。上午的时间过得特别快，眨眼工夫，大半天就过去了。春光虽好，可想到孩子们到这个农场来毕竟不是为了玩耍，还有更紧要的事情要做，妈妈们便狠下心大声呼喊孩子们到厨房干活。

洗菜，先是浸泡，接着淘洗，一连淘洗三遍，沥干水搁到一边。妈妈告诉孩子，淘菜的水不能倒掉，还可以有其他用途，生活上能节约一点是一点；切菜，一定要小心落下的刀锋，头微微侧一点；还有炒菜，锅里噼里啪啦，妈妈鼓励孩子拿着锅铲勇敢又用力地翻炒；还有……每一个环节，妈妈们都不厌其烦地训练着孩子们。这看似平常的一切，在妈妈们的心中，却被赋予了特别的意义。

陈丽是个 70 后，儿子小城才刚刚二十岁，但她已经开始焦虑：未来父母不可能永远陪着孩子，孩子总有一天要独自生存生活。哪怕父母努力给孩子攒了许多钱，但还是要让孩子学会自己做饭烧菜，再不济，能够自己点外卖。在陈丽看来，这就是农场备餐的重要意义——与生存的基础息息相关。

唐毅还记得，“心之屋”大龄项目启动那天，正值她六十四岁生日。这位曾经意气风发的大学教师的全部生活，颠覆于三十多年前儿子小点被医生正式确诊为孤独症，从此她的生活便被这种无解的疾病慢慢填满。但凡家里有特殊孩子的父母，都经历过相同的心路历程：痛苦、无助、焦虑……唐毅也不例外。几年前，眼看儿子马上就要三十了，自己也走到花甲之年，“父母老去以后，孩子怎么办”的终极焦虑随之到来，令她寝食难安。唐毅感恩于社会上对于“来自星星的孩子”的关爱，但她也明白，没有身在其中，很难说真正的“感同身受”。

在“心之屋”这个大家庭，每个孩子能力不同，但每个妈妈都面临着同样的问题——大人以后走了，孩子该怎么办？对于上了年纪的妈妈来说，这个问题尤为紧迫。“心之屋”里最大的孩子小雷三十九岁，他的妈妈已经六十九岁了。在农场，小雷妈妈的目光，几乎一分钟都没有离开过自己人到中年的孩子。几年前，小雷的爸爸去世，就剩下母子俩相依为命。是的，自己垂垂老矣，头发花白，周身病痛，如同在风浪中颠簸行进的一叶孤舟，不久的将来孩子面临“无所依托”，这样持续而愈加浓烈的恐惧，深深笼罩在每一个大龄心智障碍人士的父母心头。

在唐毅看来，随着自己逐渐老去，一种不可言说的无力感亦越发浓烈。唐毅感觉，这种无能为力，并非来自身体和精力的衰退。即使儿子小点在无眠之夜躁动不安，或者因为某个细节触发，导致撕心裂肺地吼叫，身单力薄的唐毅依然能如年轻时一样，紧紧抱住小点，用母亲的温柔安抚他的不安、惶恐和躁动。她仍是世上最懂小点的那个人，不管旁人能否听懂小点在讲什么。唐毅和诸多妈妈们的无力感，来自时间本身。绝大部分孤独症患者，终身需要他人监护。她们想不出，一旦有一天自己离去，谁来牵引着孩子，给他一个住所，代他打理人生？他们还能稳定而有尊严地度过后半生吗？谁能承诺一直善待他们？

大多数的妈妈，有着这样的愿望："需要在我走之前，为孩子找一个稳定的寄养机构，一个有爱心、有善心的监护机构或监护者，一个可靠的信托机构。"

但唐毅知道，达成这样的愿望并不容易，虽然有的问题在逐步解决，让人看到希望在前方，但有的问题短时间仍难以解决。

光明网报道过上海父亲陈慷长达三十余年的"战斗"。其间，最难的竟然是止住孤独症儿子龙龙长达十年的痔疮出血。这个小伙不明白，父亲为什么要带自己去那个四处散发难闻气味的叫作"医院"的地方。龙龙对就医的配合度很低，在陌生而充斥着不适的环境，他本能的焦虑和抵抗便体现在行为上。如此特殊的状态，使得许多医院一见到他，就婉拒在门外。最后，陈慷跑遍了上海所有的肛肠医院，没有一家肯接收龙龙。有的医生甚至连检查也不肯给龙龙做，直接说“你把号退掉，以后不要来挂了”。走投无路之下，陈慷还曾向电视台寻求过帮助。电视台将龙龙的处境和需求连播了三遍，依然没有一家医院肯出面接手。最后，陈慷拐弯抹角找到了一位中医。这位中医有个祖传秘方，用针头将药水打到肛门里。陈慷带着孩子去看了十次，出血总算止住了。这只是三十多年来，陈慷与儿子的孤独症对抗的大大小小战斗中的普通一场。

友人替我辗转联系到的一位妈妈也告诉了我她的生活故事。她的孤独症儿子小金今年已经二十六岁了，病情属于中度。近十年来，小金去过十余家寄养机构，有公办的、有私办的、有辅读学校、有培训机构，但都待不长。与普通人不同，孤独症患者对事物有自己的认知和逻辑，小金固执倔强，言行举止刻板病态，缺乏基本的社会交际能力和表达能力。对于收留心智障碍者的专业机构来说，照顾小金这样的孩子，远比照顾其他孩子要花费更多的精力。长大的小金，更加难以找到一所合适的寄养机构。

虽然同情“来自星星的孩子”，人们对孤独症患者的包容度也在不断提高，但也远远没有达到真正接纳的程度。歧视和不理解，常常于不经意之间发生。

小区旁边有一家价廉物美的小饭馆，小金和妈妈周末常常到那里吃饭。小金趁妈妈不注意便溜到其他桌的客人面前做鬼脸，或者用含糊不清的话语发问，比如“你多少岁啦？”“你为什么要吃肉？”，等等。在小金的幼年时代，他也会常常突兀地出现打扰到别人。人们对一个小孩尚能宽容对待，将他的怪诞视为小孩子的淘气；现在，一个二十来岁的高大男子冷不丁地出现在面前，脸上挂着奇怪的笑，嘴里念念有词，不免让人感觉有些诧异甚至惊惧。那天，一个年轻女孩子遭遇小金的突然问候，尖叫着逃离座位。虽然小金妈妈忙不迭地向对方道歉，试图解释原委，老板还是黑着脸下了逐客令：“谢谢你们常常来照顾我的生意，但你的儿子确实吓到了我的客人，以后请你们不要再来了。”换成一般人，面对这样伤人的话语，早就怼了回去，但小金妈妈努力克制着，不去争论，牵着儿子的手静静地离开了。

“他们不欢迎我们，我们再找一个好吃的馆子就是。”妈妈轻言细语，安慰着自始至终一脸懵的小金。他并不知晓自己做错了什么，因为他所做的一切都出自本能。可惜，后来母子俩在别的饭馆也常常遭遇类似的情形。如今，小金喜欢吃什么，妈妈只能打包带回家。

这就是大龄孤独症患者的现实处境：给他们专门提供职业教育的学校很少，后期支持性就业环节匮乏，社会“另眼相待”。有的孩子一生都只能待在家里，像个幼童般被人照顾。

“心之屋”的妈妈唐晓玲认为，很多企业因为不了解真实状况，觉得心智障碍者什么事情都不会做。“其实这要看疾病的程度，能力稍微强一点的孩子，那些简单重复的工作，比如打包、计件之类，肯定没问题，关键是要有企业能接受。”

《中国孤独症及神经发育障碍人群家庭现状、需求及支持资源情况调查报告》[1]指出，有些孤独症患者在日常生活中需要大量额外的帮助与支持才能适应社会，而另一些患者可能只需要少量的帮助与支持就可以。

唐毅则认为，有了真正的职业生活，大龄的孩子们才能真正有尊严，不然的话，他们对于社会，将永远是负担。遭遇同样困境的家长们团结起来认真策划，然后借助各种专业支持，是可以做到的。“不能仅仅依靠外界的帮助，我们自己必须自救！”

为了儿子，唐毅开办过大龄心智障碍人士康复机构，

1 参见中国孤独症家庭状况社会调查项目组著《中国孤独症及神经发育障碍人群家庭现状、需求及支持资源情况调查报告》，北京大学医学出版社2023年版。

2017年，她又和几位特殊孩子的家长一起，创办了为心智障碍者及家长提供服务支持的非营利性公益组织——汇爱社会工作服务中心。“汇爱”成立四年，做过大大小小的活动四百五十次，项目三十个，“心之屋”项目便是其中之一，几位大龄心智障碍人士的妈妈组合在一起，打造一个互助社区，探索大龄心智障碍人士安置模式。

在“心之屋”，妈妈们“易子而教”。六个孩子当中，有的孩子动手能力较强，能与人进行简单的沟通交流；有的则沉浸在自我的世界里，对周遭的事物不闻不问。教他们学会做任何一件事情，都不容易，需要重复几十次甚至几百次。

“这就是我们自发的尝试，我们没有想得太长远，能走多远就是多远。”陈丽告诉我。目前，“汇爱”募得的慈善资金可以支撑“心之屋”项目运转将近两年时间。两年后，孩子们是否如妈妈所愿，能够做菜做饭，料理好自己的生活？孩子们做的面包蛋糕能否找到固定的销售渠道？这些都是未知数。尽管有无数的不确定，“心之屋”必须做下去，这是家长们的共识。

“我认为最理想的状态应该就是，这群孩子能跟普通孩子一样，可以在普通人群当中去生活，这是我最想看到的东西，大家正朝这个方向去努力。

“我一天天老去，或许我没办法看到未来，但是这个集体还会有很多年轻家长，大家抱团以后，就真的可以一茬接一茬地坚持下去。”

在那个不大的烘焙间，傍晚时分，手里的活儿全部做完，妈妈们就坐在一起，桌上摆一套茶具，大家一起拉拉家常；农场里一顿简单却温馨的午餐结束后，孩子们在田间地头嬉闹时，妈妈们也会在院坝摆上几条竹凳，围坐在一起说说大半天的收获。城里的烘焙间和山上的农场，既是妈妈们亲手给孩子们打造的理想家园，也是一个可供她们抱团取暖的小小天地。在这处暂时的避风港湾，她们于忙碌中暂时放下焦虑、忧愁和恐惧，至少不那么孤单，至少可以在迎着荆棘匆忙奔走的人生路途中稍微停顿一下，直起腰，抬起头。

五

艰难的抉择

《中国孤独症教育康复行业发展状况报告 IV》[1] 中的调查数据显示，中国新生儿童孤独症发病率约为 1%，孤独症人群超过一千万，其中孤独症儿童有两百万，并以每年近二十万人的速度增长。《中国孤独症及神经发育障碍人群家庭现状、需求及支持资源情况调查报告》则指出，我国虽未进行过全面的流行病学调查，但最新一项针对 6~12 岁的学龄儿童，涉及总样本数量为 142086 人的研究显示，孤独症发病率达到 0.7%。最新的流行病学调查则显示，孤独症在美国的发病率已达到 1/44。[2] 后者还指出，某些孤独症患者在学习、思考和解决问题方面可能表现出超越常人的某种特定能力，但多数患者却严重落后于常人。与“孤独症患者往往是

1 参见五彩鹿孤独症研究院编著《中国孤独症教育康复行业发展状况报告IV》，光明日报出版社2022年版。

2 参见Center for Disease Control and Prevention，CDC，2022。

天才”的民间传闻大相径庭的是，医学估测只有不到 10% 具有真正异于常人的才能，而大多数孤独症患者都存在各式各样的病理特征。低龄阶段的孤独症患者会进行康复训练，但当他们长大离开机构或者被学校拒之门外后，面临的往往是无处可去的境地。《中国孤独症家庭需求蓝皮书》中显示，65.4% 的家长认为孩子和家庭会受到社会歧视，72.7% 的家长担心自己离开人世后孩子的未来。这些长大后的孤独症患者与他们的家庭，似乎成了社会上的“隐形人”。

小安的妹妹出生于 2013 年。小安爸爸说，他和妻子整整思考了十五年，才下定决心要了二胎，但这本身也冒了风险。孤独症有一定的遗传概率，不过女孩患病率相对较低。所以，当二胎呱呱坠地，医生告知“是个妹妹”时，他这才长长地舒了一口气。与小安出生前第一次做父亲的热切期盼不同，这一次，高龄的妻子怀胎十月，他的心一直紧紧揪着，为了母子平安，为了得到一个健康的老二——帮助他们夫妻俩在未来看顾大儿子。

“对了，这就是我要二胎的原因，希望这个世上除了父母以外，他还有一个靠得上的血脉至亲。”小安爸爸对我说。

我与小安爸爸的对话，在一个喧闹的公共场合。他说这几句话的时候认真地看向我，透过镜片，我能看见他眼睛上笼罩的一层水雾。话语落地的一瞬间，周遭似乎安静下来。

我想到了什么，便小心翼翼地探问："那这个妹妹岂不是从一出生开始，便注定要帮着父母承担许多本不属于她的责任？"

"是的，我的女儿生来肩膀上就扛着看不见的担子。这的确不公平，但也实属无奈之举，因为今天的种种现实说明，唯有血缘亲情最为可靠。"

在这座城市里，众多孤独症家庭的家长们主动联结在一起，分享各种机会和活动，家长们也逐渐熟悉了彼此的孩子。小安是大家公认的"条件好"的孩子，他有着一般孤独症患者难以企及的语言表达能力，而且"写东西不错"。熟悉小安的人认为，他的这般优势遗传自他身为高级知识分子的父母。

有一种看法认为，相当一部分孤独症患儿的父亲或母亲社会地位比较高，高级知识分子占比很高。尽管这种说法已被临床观察推翻——实践证明，孤独症在各种经济条件的家庭中都会出现——但根据"自闭症家园网"提供的在特定范围的幼儿孤独症临床样本，父母属于较高社会阶层的比例确实略微高一些。

与此同时，一些认识小安爸爸的家长认为，这位父亲特别冷静理智，但与其他愿意积极表达的人相比，有些疏离感。

他们对此隐隐有些担心。因为在中国，相当一部分高级知识分子生下的孤独症孩子，被当成家庭的“伤疤”——你的社会地位再高，孩子的缺憾却无从弥补，而孩子是中国社会攀比的重要标尺之一。

我曾经也有过这样的担心。我原本就与小安爸爸熟识，但起先并不知道他有一个患孤独症的孩子。在几年前的一次小型聚会中，他第一次向我们谈及他的儿子，他说长大成人的儿子在特教班经过一系列专业训练后，现在某个图书馆上班。其间有人想问更细致的东西，小安爸爸并没有给予明确回答。如果真是“伤疤”，还是不要轻易去碰触，所以，我没有像约其他家长一样，专门和他找一个地方坐下谈，而是把访谈的地点放在了一个偶然碰面的会议场合。一番对话之后，我发觉有些担心只是猜测，因为一位父亲讲到自己儿子时的那种开心、酸楚或者极其细微的欣慰，无法掺入任何杂质。

小安四岁还不大会说话，六岁被确诊为孤独症。为了更好地照看他，他的母亲辞去了优越的工作，专门带着他四处做干预康复。担心他被人欺负，小安父亲专门托人把孩子送去了军医大学幼儿园，因为那里有更尽职尽责的保育员。为了给他将来融入社会做准备，从小安上初中开始，父亲每天带着他早出晚归，去离家二十公里远的地方接受专业技能培训。再大一些，小安又在某师范大学特殊教育学院开设的“特教班”学习。在那里，小安与小静成为同学。之后，自身条件不错的小安在图书馆工作过一段时间。共情来源于了解。可惜，大部分的读者并不了解图书馆里那个新来的年轻小伙，更不了解孤独症。他偶尔会自说自话、喃喃自语，引来旁人诧异或者好奇的目光。有人认为这个年轻小伙“有问题”，他的存在与图书馆的安静氛围格格不入。小安爸爸告诉我：“他在图书馆闯了一个小祸，然后离开了那里，后来去了朱佳云的汽车美容店。”

“我家小安真不错，至少生活完全自理。”说到这里，我能看得见一个父亲眼里别样的神采。他患有孤独症的孩子，能够自己乘轻轨去上班，会用电饭煲煮饭，甚至会炒鸡蛋，做一些简单的小菜。“我期待有朝一日社会能够完全接纳我的儿子。但无论如何，他有一个妹妹，于他而言，这是未来一个极重要的保障。”

一位家长做了田野调查，结果显示约有半数孤独症家庭要了二胎。在我的访谈范围里，要二胎的孤独症家庭占比更高。而在之前的访谈中，“只生了一个”的陈丽一再对我说：“我认识很多生二胎的孤独症家长，他们各有想法，但总归还是跟第一个孩子紧密关联。做父母的，不管孩子怎样，不管外面怎么看，他都是父母的心头肉。”

或许，在小安的父母那里，小安不是家庭的“伤疤”，而是一份解不开的牵挂。但“伤疤”在有的家庭里却真实存在着。

这是一位享受国务院政府特殊津贴的大型国企高级工程师，周围的人都叫他黄老师。黄老师除了在工作方面的骄人成就令人称道，还有一个让人称赞的地方——他是一个不折不扣的慈父，是的，熟悉他的人都知道他是一个“孩子奴”。忙碌不休的他，但凡有一点时间，都要带着自己的儿子出去旅游。家属大院的人都认为，黄老师就这么一个孩子，所以那么上心。据说，孩子九岁开始，暑期就跟着父母去国外“长见识”，十二岁就几乎游遍了全国著名景点。这个男孩非常优秀，“小升初”就有数所名牌中学抢着要，初中是“尖子班”里的前三名，高中又是保送。黄老师的微信朋友圈里，隔三岔五就是儿子获奖或者参加体育活动的照片。大家都说，“遗传基因”在这位大专家这里发挥了重要作用，瞧，他的儿子继承了他全部的优秀因子。直到有一天，黄老师来自外市的哥哥带着一个约莫二十岁的男青年找上门来，要弟弟赶紧带自己的亲生骨肉去大医院看病：男青年腿上长了一个恶疮，在本地医院吃药打针治了三个月都不见好，眼看着情况恶化，被委托的代养者才想到来省城治疗。大院里的人们诧异地看着这个明显异于常人的小伙子，一些被掩盖的真实才慢慢揭开：原来，这个不停怪笑、走路蹦蹦跳跳的大男孩是黄老师和妻子的第一个孩子。当年，黄老师还在一个小型企业工作，因为事业正在迅猛上升期，所以很少有时间看顾出生不久的儿子。但异相早已显现，他看见幼小的婴孩越过了“爬”这个环节，直接坐了起来，内心有点隐隐的不安（巧合的是，据张国华的回忆，小静在婴孩时期也同样越过“爬”直接到“坐”）。那时，黄老师帮忙带娃的老母亲倒是很开心：“这个孩子弄不好是神童呢！”虽然孩子很快就会满地乱跑，但三岁大还没学会说话，注意力似乎永远都不能集中，除了不停用双手捣鼓黄色的橡皮泥，对什么事情都不感兴趣。省城儿童医院的专家初步判定为孤独症。黄老师不能接受这样的诊断结果，带着孩子去了北京，都没能得到不一样的结论。确诊初期，黄老师积极地带着孩子去做康复治疗，直到六岁，孩子没有大的起色——只会几句简单的话，不明来由地傻笑，随时随地做奇怪小动作，几乎不能和旁人有互动……那时，黄老师已经是企业里的“领头羊”，拿了好几个省部级技术创新奖项，在事业趋于成功的同时，孩子却连上幼儿园都被劝退。同事们平素常常聊到自己的孩子，黄老师和妻子从不参与；需要带着孩子参与的朋友聚会，黄老师一家也缺席，就像一块完美肌肤上凸显的伤疤，日常需要用一块布遮掩着。

黄老师调到那家大型国企之前，妻子再度怀孕，他便以“两个孩子照顾不过来”为由，把儿子托付给了老家的母亲和兄嫂，每个月付一笔抚养费，也联系了当地的康复机构和随读学校。到新单位后，他的第二个孩子出生了，周围几乎没人知道黄老师还有一个患孤独症的大儿子。黄老师和妻子每年回一次老家看孩子，每次回去都带着许多衣服和食物。大儿子渐渐成人，但每一次见到父母都嘻嘻笑着，藏在叔父或祖母身后用鬼脸来打招呼。

在黄老师生活的这座城市，家庭的伤疤似乎暂时消失了——体面的父母，带着一个足够耀眼的小孩，周围人认为这个家庭足够美满。直到黄老师哥哥的到来，才重新把这块伤疤赤裸裸地展现出来。

“我承认我有一个孤独症孩子。但我难以接受旁人的指指点点，毕竟人言可畏。我作为一个父亲，自认在物质上没有亏待他，即使他没有长期生活在我身边。我们甚至专门给这个孩子存下一大笔钱。”黄老师对我说。

这时，我想起了张国华向我提过的那位有意隐藏自己孤独症孩子的女名医。

在长达数月的走访中，我耳闻目睹一个又一个与孤独症孩子紧密相关的亲情故事，也从不同家长的言行举止中，看出他们在孩子确诊后以及成长过程中呈现出的不同心态。有的家庭一直不愿接受孩子生病的事实，四处“找捷径”治疗甚至耽误了孩子病情，最终把“再生一个”作为“解脱之道”；有的十分在意社会和他人的看法，长年对外刻意隐藏自己的孩子，甚至家里的长辈、最好的朋友都不知孩子的存在；有的总是心存愧疚——是自己把不健全的孩子带到了这个世界上，自己是“罪人”，所以，时时处处无原则地迁就孩子，让孩子变得更加固执、任性、爱哭闹、发脾气……在我看来，血脉相系，生而有责，任何人都无法替代家长这个独一无二的角色，因为没有人比父母对孩子了解更多、陪伴孩子时间更长。

孤独症家庭里的二孩又是如何看待“天生的责任”或者说自己作为“新的希望”存在？几经周折，我联系到了身在西安的一个男孩，并且得到了他父母的支持。

小朗十五岁，是一个瘦削清秀的初三男生。哥哥小文比他大十岁，七岁时被确诊孤独症，虽然一直接受干预治疗，但情况没有大的改善。小朗的父母都在体制内，一直帮衬的外公外婆也因为小文的状况愁肠百结——孩子是一个家庭的希望，希望都破碎了，还可能再言幸福吗？几番挣扎之后，这个家迎来了小朗的出生。三岁以前，小朗曾经让这个家庭再次陷入恐慌之中。他是男孩，这一性别首先就让家长们格外敏感，稍有问题便往坏处联想。小朗一岁半还不会叫爸爸妈妈，抓拿东西总不大稳，见着一个玩具也是三分钟不到就扔下，仿佛什么东西都不能让他聚精会神，这些表现都让家人忧心，因为小文也曾经这样。命运终究没有如此残酷，儿童医院的专家认为小朗没有大问题。在数月短暂的精细动作训练后，小朗的情况迅速好转，三岁时不仅能流畅地说话，而且能够从一数到一百，能跑能跳，手上动作灵活准确。用他外婆的话来说，这个家呀，小辈的灵气都汇聚到了一个孩子身上。从记事开始，小朗能够清晰地感觉到全家人对他的宠爱和关注。一次，他在放学路上不经意地说文具都旧了，两天后，母亲便带着他到商场里专门挑书包和文具盒，八十岁的外公送来一袋绘画用的彩色铅笔。这样的惊喜，在生活中屡次发生。把他与哥哥小文联系起来，则是在一次次的家庭聚会上，比如团年的时候。小朗还记得，在饭桌上，舅舅煞有介事地夹了一个烤鸡翅膀给他，又夹了一个给哥哥，盯着他说："你父母现在能干，但一天天也会老，家里的一切往后只能交给你，包括你的哥哥。"正在吃饭的父母闻言尴尬地笑了笑，没有说什么，但是这几句话，小朗都听进去了。那年他刚满十岁。

"在这个家里，我已经习惯这样一件事：哥哥虽然年纪比我大，但实际上他是我弟弟，现在父母照顾他，将来我也会照顾他。"小朗对我说，口气如同成人一般。

"那你以后打算怎么照顾他呀？"我问道。

"我先考个好大学，毕业后先找份工作，再自己开公司挣大钱，有了钱就可以请保姆来照顾我哥。"小朗回答，"到时候，我甚至可以用私人飞机搭我哥出国去玩。"

小朗有时会替哥哥小文抱不平。比如出国旅游，父母和他们的朋友，三四家人凑钱组团出去，而小文则被托给外公、外婆或者舅舅照看几天。小朗对母亲说过："就把哥哥带出去吧，他一定也想出去玩玩。"母亲回答："不行，几家人好不容易出去一趟，本来路上要考虑的事情就很多，你哥再出去会给别人添麻烦的。"

长成少年的小朗发现，哥哥偶尔也会朝自己发泄情绪。一次，小文闷坐在客厅沙发上不停地用彩色胶泥搓丸子，这是他从小到大独处时最喜欢做的事。放学回家的小朗像往常那样，热情地给哥哥打招呼。小文抬脸看看，嘟囔一句"弟弟回来了"，然后埋头继续手里的动作。岂料小朗刚转身往书房走，背上便挨了一下。趁着弟弟背对自己，哥哥拿胶泥丸子使劲儿扔过去。"你干吗呀？打得我很疼！"小朗大嚷。"你这个娃儿，没事打人做什么？你往后还得靠着你弟呢！"家里的阿姨闻声从厨房出来瞧，说了小文几句。小文呵呵笑着，像听明白了，又像啥也不懂。

“很多事情我懂的，婆婆。”小航对我说，一脸认真。这个二十四岁的男孩算是能力不错的孤独症患者，现在江苏一家电子厂工作。隔着手机屏幕，他看见我额角在夜间灯光照射下亮晶晶的白发，便直接喊我“婆婆”。旁人告诉我，小航情商高，嘴巴特别甜，一口一个“阿姨”“婆婆”“爷爷”“叔叔”，他说什么事由不得你不答应。

“我爸妈生妹妹是怕我老了会饿死。”小航看似风马牛不相及地回答了我的问题。

我有些尴尬地重新问了一遍我的问题：“你喜欢你的小妹妹吗？”

“喜欢妹妹。”小航很肯定。

这时我想起那天与张国华聊起“二胎”问题时小静的表现，便小心翼翼地问小航：“那你觉得有妹妹以后，家里……有变化吗？”

“有变化呀，我多了个妹妹……她很喜欢管我，更不自由了。”沉静片刻，小航忽然很得意，“我现在能挣钱了，她还不行，我比她能干。”

以目前的医学水平，孤独症患者只能通过早期干预改善症状，在一定支持下融入社会生活。

根据中国残疾人联合会相关数据显示，2020 年我国确定“残疾儿童康复救助定点服务机构”6628 个，其中开展孤独症康复服务的有 3291 个。尽管有近一半机构提供孤独症康复服务，但孤独症患儿的“康复之路”并不好走。

《中国孤独症教育康复行业发展状况报告 IV》显示，目前孤独症谱系障碍发病率已居我国各类精神残疾之首。参与编写报告的中国残疾人康复协会孤独症康复专业委员会副主任委员孙梦麟认为，“能诊断出来的都是中重度，很多轻度的孩子没有被发现”。

七岁之前的小龄阶段干预费用高，长时间做干预也未必能达到良好的治疗效果，并且带给家庭的经济负担也比较重。《中国孤独症及神经发育障碍人群家庭现状、需求及支持资源情况调查报告》显示，全国范围内，孤独症儿童家庭每月花费在机构干预上的直接费用平均为 6957 元，加上可能产生的房租、交通和其他费用，平均每月花费约为 9485 元，以上费用还不包含家庭正常生活所需的日常开支。参考城镇居民人均可支配收入，单靠患儿父母双方收入有所不足，往往还需要依靠家庭积蓄或者长辈的资金支持。从直接干预费用的数据分布来看，71% 的家庭每月的直接干预花费少于 8000 元，21% 的家庭每月花费高于 1 万元，其中有 1.54% 高于 3 万元。

按照相关规定，孤独症儿童在残联定点康复机构接受干预训练可以享受国家补贴，不同的省份（直辖市）政策不同。比如，北京市每月补贴3600元，山东等地每月4000元左右，在重庆，未满7周岁的孤独症儿童每月最高补贴3000元，每年最高补贴3万元，其他地区补贴一般在每月1500元上下。但享受补贴也有要求和限制，比如北京地区可享受补贴的孤独症儿童必须为北京户籍，否则只能在民办孤独症康复机构接受干预训练，每月费用在8000—10000元。

有从业者认为："小龄康复服务机构市场成熟，需求旺盛，竞争也充分，家长都抱着赶紧干预好的希望，所以会不计成本地投入。"是的，父母们都希望孩子能在上小学之前做好行为干预，顺利通过融合教育进入普通学校，或者进入特殊学校接受教育。

然而，经济负担重，心理压力大，生活中时时处处面临艰难的选择，使得孤独症患儿家庭的夫妻关系也面临着重大考验。《中国孤独症家庭需求蓝皮书》提供了一组数据：52.4%的家庭有一人放弃工作；90.2%的妈妈选择放弃工作照顾孩子；29%的家长认为家庭稳定受到影响，68%的家庭生活质量下降；受访家长中再婚的占比82%，离婚的占比16.9%。

关于孤独症家庭父母分工的问题，至少在我连续数月的走访中，发现几乎都是父亲在外工作（有的在本职之外，还做些兼职，比如网约车司机、晚间或周末临时工等），母亲则专门留在孩子身边，带孩子去机构或学校。所以，我接触到的受访者多是与孩子在一块儿的母亲。

一位与孤独症家庭常打交道的社区工作者告诉我："有的孩子在确诊之后，爸爸很快就消失了。有的爸爸妈妈都消失，直接把孩子扔给老人。"

她讲了这样一个故事。一个叫小瑜的男孩四岁多被确诊为孤独症，他的父母从此开始了无穷无尽的争吵和互相指责。父亲认为，母亲在孕期任性不忌口，吃了不该吃的东西，孩子才会得"怪病"；母亲则认为，父亲不负责任、自私自利，在她怀着孩子的时候，经常让她怄气、哭泣，所以生下的孩子才会"自闭"。孩子尚小，两家的老人主动上门帮忙，使得尖锐的夫妻矛盾暂时缓和下来。后来，老人因为体力和疾病原因再也帮不了忙，而孩子已经长成了十九岁的大小伙子，没有任何单位接收，也没有事情可干，大部分时间由母亲照管。这些年父亲回家的次数越来越少。一天早上，儿子发脾气打翻了一锅稀饭，母亲多年来的积怨终于爆发，她写下"离婚协议书"，然后打电话通知丈夫回来签字。协议书里并没有关于孩子的内容，母亲说她带了这么多年孩子，实在太累，况且孩子已经年满十八岁，她以后也管不了。如今，夫妻俩为了离婚的事僵持着，孩子暂时由社区帮忙照看。

据报道，广东梅州丰顺县人民法院曾审理过一起与孤独症患儿相关的离婚纠纷案件。陈某（女）与李某于2017年结婚生下儿子小楷。共同生活期间，两人常闹离婚。2020年6月，他们将儿子小楷交由李某父母照顾，便分别外出工作。

2021年4月，小楷被诊断为孤独症。2022年4月，陈某向法院提起离婚诉讼。法院了解到夫妻两人自打工后未探望过儿子，均不愿抚养他，最终驳回了两人的离婚诉求。

这则新闻引发很多备受孤独症煎熬的父母共鸣，纷纷留言表达自己的观点："好心疼孩子，生而不养，枉为人父母！""能理解，真的很难，但这毕竟是自己的亲骨肉，不能因为这样就不养了吧？""我女儿是重度自闭症，马上六岁了。生活不能自理，不会说话，无社交，无认知。我和孩子爸爸早没有了感情，但为了孩子，一直坚持就这样过下去！""我是个单亲妈妈，我儿子就是自闭症（孤独症），无论怎样我都不会放弃他。"也有网友一针见血地指出："法院不准离婚，事实上也没人照顾孩子。"

有挣扎在痛苦与崩溃边缘的父母表示："漂亮话谁都会说，当你真正遇到这样的孩子，有很大概率会抑郁暴躁。我儿子就是孤独症，我身边一个朋友都没有。虽然现在他已经正常上学，但是那种压力，真的需要很强大的心理承受能力。"

以上具有代表性的留言和评论，正是中国千千万万孤独症家庭的真实写照。

一位妈妈讲述了自己艰难而矛盾的心路历程。

孩子三岁半还不会说话、行为刻板，医院判断其疑似孤独症。她当时不肯相信，找了机构测评说是“感统失调”，还有治愈机会，然后开始干预康复。在广州，康复训练机构到处都是，一节课五十分钟，四百多元钱，一个月至少花费六千到一万。训练刚开始还有些效果，之后就不明显了。她重新把孩子带到医院，确诊为孤独症。孩子的特点是几乎所有行为都是机械记忆，非常刻板，自我意识过强，根本不听外界指令。这些特点到了幼儿园彻底暴露出来：别人做早操，他在队伍里乱跑；别人唱歌，他乱叫；别人画画，他发呆。老师的指责、其他家长的抱怨接踵而至，巨大的压力让她感觉窒息。最怕的还是老师要求退学。

家里为了这个孩子常常吵得天翻地覆。老人们说她就是瞎操心，孩子只是开窍晚，“我觉得他没什么问题。你看，电视遥控器他比你还会用”。

她说：“别人的孩子已经在报兴趣班了，咱们的孩子一点儿小事都学不会。别人的孩子学算术，咱们的孩子连 1、2、3、4 都弄不清，你们能说他没问题？”

吵到最后，家里人扔下两句话：“孩子是从你肚子里出来的，孤独症就是你的肚子有问题。”

“好的，全是我的错。”她投降。

她不知道孩子什么时候能开窍。

有次孩子在小区内乱跑，一辆摩托车迎面而来，差点撞上。那一刻她甚至带着一丝期待——如果孩子被撞死，自己就解脱了。可是他没事，就那样傻傻地站在路中间，没有丝毫害怕。看到她走过来，他突然笑了，然后飞快地跑开，没有再回头看她一眼。

整整十六年了，她的世界就是医院、康复机构、学校和家。看不见希望，她也基本放弃了自己。现在的她，是一个身材发福、不修边幅、喜欢抱怨的中年妇女。

家里的战火还没有停歇，周围人的议论一直持续：我们为什么要包容你、理解你？孩子有病就带去看呀，他这个样子肯定是你没有带好。

知乎上有一个提问：“如何看待父亲杀死十九岁瘫痪自闭症（孤独症）女儿？”

这个提问来自一起被媒体公开报道的恶性案件。四十七岁的王某是名教师，具有大学文化水平，涉嫌故意杀人。在审判席上，王某平静地讲述了杀害女儿的原因。据他介绍，女儿两岁那年被确诊为儿童自闭症。他曾带着孩子四处求医，但效果并不好。2006年，女儿被大火烧伤以后，身体状况更加糟糕，吃、喝、拉、撒、睡、外出都要人照顾。王某说："我是一直抱着这样的观念，尽力地带她。等到带不动了，或者家里有变故的时候，我送她走，我再来坐牢，接受法律的制裁。"

在这个提问下面，同样有各种各样的回复："一个孤独症孩子就能摧毁一家人。""希望社会关注，共同努力，为大龄孤独症群体求得更多社会保障。"

还有人留言："世上永远没有感同身受这件事，所以我们无法一味去指责这位父亲太残忍。只希望他能心安，不用再去纠结担心自己死后孩子的悲惨结局。我也相信，对一个父亲来说，内心的审判远远严于法律的制裁。"

六

隐秘的角落

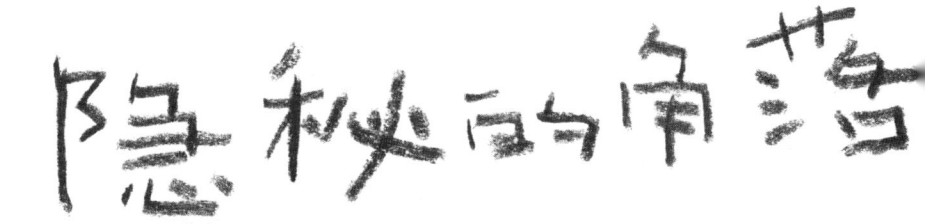

孤独症以社会交往障碍、沟通交流障碍和重复局限的兴趣行为为主要特征，目前被划入“精神残疾”类别，但也有不少地方把它划归于“智力残疾”，再加上各种复杂因素，孤独症患者数量的精准统计，就变得比较困难。有专家认为，近四十年，在中国农村已形成了规模较大的隐形孤独症患者群体。因为经济条件所限，出现相关症状的幼童并未得到确诊，其后的干预治疗及康复训练更无从谈起。

在我于城市社区的采访中，包括小安爸爸在内的许多家长都不约而同地向我讲起他们对农村地区的担忧——这些农村的隐形孤独症患者通常被当作“智障”，在缺乏早期干预和行为纠正的情况下，“隐形”的孤独症患者甚至比真正的先天智力障碍的情况还要糟糕。

于是，我通过或直接或间接的社会关系，把关注的触角伸向全国各地的乡村，陆陆续续记录下许多故事。

在甘肃省中南部的一个村庄，被前来医疗支援的北京专家初步判断为孤独症的阿强，自幼就被周围人当作“傻瓜蛋”，浑浑噩噩地生活了三十多年。他面无表情，只会漫无目的地点头，几乎不会说话，只有与他长期生活、相对熟悉的人，才知晓他的发声和动作表达的是什么意思。快七十岁的父亲觉得生下阿强这样的“天生呆傻”，是自己“前世没修福”的报应。当初生下来还是好好的一个大胖小子，几岁过后才发觉他脑子有大问题。有亲戚说应该扔掉他，可父亲毕竟舍不得，这好歹是家里唯一的男孩子，外表看起来好手好脚，甚至还挺俊俏。可是，这孩子连普通的傻子都不如。你看，邻村的阿华也是脑子不好使，但人家也能跟着父母下地干活；可是这个孩子别说干活了，什么事情都学不会，哪怕反复教个百把遍，唯一能做的就是劈柴和烧火。

院子里堆着一大捆柴火，阿强木然地站在那里，拿起一根，手起斧头落，一根小手臂粗的柴被利落劈成两半。整个过程中，阿强就像流水线上的机器，手上的动作接连不断，甚至不大眨眼。不多一会儿，半捆柴火都劈完了，他还想去捡一根，母亲喝止了他，又叫他进灶房烧火做饭。待灶台上的大铁锅飘出焖菜的香味，阿强已经蜷缩在灶房的一角，啃着半根玉米棒子。像往常一样，母亲吼叫着，让阿强换个地方坐；也像往常一样，阿强置若罔闻，一动不动。阿强每天固定坐在那条旧木凳上，凳面已经朽坏了，说不准什么时候就会直接断掉。可阿强不理会这些。母亲也曾把这条木凳扔掉，这个举动引起了阿强的大爆发。他情绪失控，一边喊叫一边使劲砸着屋里的东西。父母和妹妹一块儿上来制止，但完全无法控制，“这个时候，他完全像个‘武疯子’”。最终，母亲被迫出门从路边捡回了那条“做柴火都没人要”的破木凳，放回原处，阿强这才慢慢安静下来。为了避免发生意外，木凳被黏合起来。

北京来的专家认为阿强是孤独症，家人赶紧问有没有药可以治好。医生说了很多，弯弯绕绕，但最终的意思很明确，这个病无药可治，而且错过了最佳的康复时机。

为了安排好阿强的后半生，也为了“传宗接代”，父母砸锅卖铁凑了二十多万彩礼给阿强娶了个媳妇。媳妇脑子好使，就是腿有点瘸，可嫁过来好几年了，肚子里一点动静也没有。据说，阿强并不清楚夫妻之间应该做些什么。而这个高彩礼娶到的媳妇也常常哭哭啼啼，感觉自己跟“傻子”完全过不下去。

在苏北一个村庄，老陈一家五口有三个残疾人：妻子不到三十岁就中风了，如今右手右脚不大听使唤；大女儿幼时在田边被奔驰而来的农用车碾断一条腿；儿子小陈患有孤独症；健康的小女儿刚满十岁。老陈四十出头，算得上壮劳动力，很多人劝他出去打工挣钱，他都拒绝了：他要照顾家里的残疾人，只能守着自己的一亩三分地，再养点鸡鸭，生活勉强维持就好。妻子坐着轮椅，偶尔去场镇上卖点小东西；大女儿拄着拐杖帮着干点家务活，一年下来，家里收入在两万多元。儿子小陈快十六岁了，确诊以后从未到任何正规康复机构接受过干预治疗。因为小陈的身体状况达不到县里公办机构的入学要求；民办康复机构收费高，老陈家拿不出那么多钱；若要天天陪着孩子做康复训练，那家里就没人挑大梁了。最终，老陈确定，自己无法让儿子接受康复训练。

2022年，因小陈情绪发作愈发激烈，按照县医院的建议，老陈被迫将孩子带到市里就医。院方对其进行了全面检查后，让他住院治疗。因为大量项目需要自费，一番痛苦的抉择后，老陈只得求着医生开点能暂缓症状的药，然后拖着儿子离开了。

康复费用对农村家庭常常是天文数字，而且康复周期要持续多年，令低收入群体难以承受。

《中国孤独症及神经发育障碍人群家庭现状、需求及支持资源情况调查报告》显示，有超过40%的家庭（43.18%）曾经中断过孩子的早期干预，最主要的原因在于无力承担费用（26.4%）、对干预效果信心不足（13.7%）和家庭所在地没有干预机构（11.2%）。我采访到的十余名康复行业专家都认为，无力承担费用和家庭所在地没有干预机构，是农村地区孤独症干预治疗最常见的情况。

业内有一种说法：对孤独症患儿来说，三岁前称为"黄金干预期"，六岁前称为"抢救康复期"，学龄前的康复训练被称为"抢救性康复"。如果在学龄前开始训练，他们未来有更多机会走进普通学校，渐渐融入社会。

老陈只有小学文化程度，在儿子确诊前甚至压根没有听说过"孤独症"或"自闭症"。虽然他很早就感觉到不对劲，可因条件限制，直到儿子快八岁才确诊，错过了"抢救康复期"。还有一些农村的孤独症家庭，在确诊后一开始选择做康复，但因为收入来源不稳定，治疗半途而废，没有取得理想的效果。

也有农村家长选择了与命运抗争。

清晨五点，来自四川遂宁农村的小云妈妈开启了一天的工作，她是一位女性外卖员。蓝色的电动车奔跑在晨曦中，抢先唤醒了这座繁华的西南省会城市。她已经先后接到六份早餐单，七点以前要送到三公里外的几位客人手中。一个小时后，时针指向六点，城东老厂宿舍的一个出租屋里，十四岁的孤独症患者小云揉着惺忪的睡眼，被外婆唤起床，刷牙、洗脸、自己加热早餐。外婆站在一旁，看着身高接近一米八的外孙做着这一切，时不时提醒他："蒸鸡蛋出锅之前要加点生抽。对，生抽就是那个黑色的瓶子。""牛奶盒可以放到蒸鸡蛋的热水里加热，这个时候不要开火。"七点半，在超市送货的小云爸爸趁着工作的间隙接儿子上学——小云在一个专业机构的特教班学习，这样的学习生活已经持续了将近八年。

小云是四岁时确诊孤独症的。小云妈妈还记得，拿着那张报告单，她的手抖个不停，眼泪哗哗流，说话语无伦次。失魂落魄的模样，就像一个突然遭遇重度精神打击的失语者。接诊的那位女医生拍着她的肩膀说："不要太难过，孩子的病情不算太重，及早干预治疗，以后孩子也能像正常人一样生活。"小云妈妈听了进去。

在乡下的家中，小云妈妈与一辈子面朝黄土背朝天的公婆发生了激烈争执。公婆认为，既然病治不好就不要在一棵树上吊死，一家人往后还要继续生活，况且这样的情况得再生个孩子。小云妈妈却坚持砸锅卖铁也要给孩子做康复。小云爸爸在这件大事上站在了妻子这边。支持小云妈妈的，还有早年便在沿海打工的小云外婆。三年后，他们带着孩子落脚到成都。小云爸妈努力赚钱，外婆照看孩子。就算外婆曾经接受过正规的家政培训，看护一个"来自星星的孩子"也很不容易。因为小云并不懂得什么是危险，口渴了拿起瓶子就喝，哪怕里面装的是洗涤剂；吃饼干时，看见里面的干燥剂，也想拆开尝尝；出租房外面是一条车水马龙的小公路，小云时不时就想着溜出去。所以，外婆必须紧紧地盯着孩子，连夜里都睡得警醒。

将近八年的时间里，小云妈妈亲历了无数艰难，但她从来没有生出过"打道回府"的想法，因为"既然已经做出了抉择，那就咬紧牙关坚持下去"。

老师告诉小云妈妈，孩子的手工很有天分，尤其是折纸，小半天时间就能折出一枝像模像样的"向日葵"，今后如果朝着这个方面去引导，说不定能成为孩子融入社会的一个突破口。

七

特殊的课堂

长期以来，关于孤独症群体，民间流传着两种说法：一种是“得了这种病就废了，一辈子都活在自己的小世界里”；另一种则带着神秘色彩，“孤独症必定带着某种天赋异禀，关键是要想方设法把这种潜能开发出来”。

“这两种看法都是不太全面的，只看到了两端的情况。其实，孤独症人群的个体差异很大。”南京脑科医院儿童心理卫生研究中心所长柯晓燕说。

过去，孤独症、待分类的广泛性发展障碍和阿斯伯格综合征等通常被单独诊断，因此有“低功能孤独症”“高功能孤独症”之类的说法。2013 年美国精神医学协会《精神障碍诊断与统计手册（第 5 版）》中，这些以前曾被单独诊断的疾病都统一归类为“孤独症谱系障碍”。

柯晓燕认为，从目前掌握的情况看，约四分之一的孤独症患者，其行为水平和情绪能力都较低，需要家人终身照顾，对家庭经济有一定影响，部分还有其他的共患病症，治疗过程复杂；也有一些轻症人群，完全能适应社会环境，不需要异样的关注和同情；至于特殊天赋，发生概率很低，大家不应对这方面有过度期待，过度期待会进而转变为另一种伤害。

“我们要认识到孤独症人群及其他神经发育障碍者都是社会的重要组成部分，他们遇到的问题只是神经多样性的表现。”柯晓燕教授表示，想为孤独症人群提供更好的支持，需要我们对孤独症有正确的认识。孤独症背后有与神经发育复杂性相关的生物学原理，一定要认识到并重视孤独症人群的多样性。“就如同肤色、瞳孔颜色都有差异，是生物学表征多样性一样，孤独症患者和我们的差异也只是因为多样性的存在。我们需要做的更多是如何解决由这些特征带来的社会适应障碍。”

最首要最关键的是康复训练。

一个小孩子被诊断为孤独症谱系障碍以后必须要认真做复健，这当中蕴含着重要的转机。家长必须尽快带着孩子去做残疾鉴定，不必在意周围人的看法，因为持残疾证去官方认证的正规康复机构可以得到补贴。

作为一种神经发育障碍性疾病，目前孤独症并没有特效药物，临床上主要采取康复训练的治疗方法，以促进患者的语言发育，提高其社会交往能力，使其掌握基本的生活技能和学习技能。孤独症的康复训练方法很多，主要包括行为干预、结构化教育、语言障碍训练、人际关系发展干预、音乐康复训练法等。

比如行为干预，目前多采用应用行为分析法（ABA）。该疗法将任务(即教学的知识、技能、行为、习惯等)按照一定的方法和顺序分解成一系列较为细小而又相互独立的步骤，然后采用适当的强化方法(比如给予食物、饮料、表扬或拥抱等强化物)，按照任务分解确定的顺序逐步训练每一小步骤，直到患者掌握所有步骤，最终可以独立完成任务，并且在其他场合下能够应用其所学会的知识和技能。

再比如人际关系发展干预（RDI），该疗法运用详细的人际发展评估方式，以游戏为主导，采用指导老师和家长引导式参与游戏的方式，训练孤独症患者进行"经验分享"这种重要的社会互动行为，对培养孤独症患者的情感协调机制具有较好的效果。

《中国孤独症及神经发育障碍人群家庭现状、需求及支持资源情况调查报告》指出，家长选择的孤独症早期干预机构中，残联认证的民营机构占45%，如果加上非残联认证的民营机构，比例则超过70%，这说明民营机构目前在孤独症早期干预领域起到核心作用。

这份报告还显示，接近四成的家长为孩子选择第一家干预机构是通过医生推荐获取到相应信息的。这充分说明了当孩子刚刚被诊断的时候，权威人士的意见与建议对患儿家长的影响力很大。同时，来自其他家长的介绍和自己上网查找并列排在第二位，均接近三成。而对于最新选择的当前干预机构，医生推荐的比例大幅下滑到不足10%，比例最高的是通过家长介绍，接近50%；其次是家长主动通过互联网查询等方法所获得。由此可以看出，孤独症早期干预机构本质上更偏向于服务行业，家长的口碑及网络口碑非常重要。

医生们也建议家长一定要主动参与到孩子的早期干预中，而不仅仅依靠机构。云南中西医结合医院儿科医生武亚伟认为，家长对孤独症谱系障碍了解得越多，就越有能力为孩子做出有益的决定、少走弯路：第一，家长需要了解干预方案，提出问题，并积极参与孩子的所有治疗过程；第二，通过专业渠道，了解并学习孤独症专业知识，让自己具备专业能力；第三，给予孩子更多关注，更懂孩子。比如许多孤独症儿童对光线、声音、触觉、味觉和气味非常敏感，也有一些孤独症儿童对感觉刺激“低敏感”。作为家长，应注意孩子对哪些特定的感官体验过于敏感，他这样表现，是不高兴还是十分愉快？找出引发孩子不良行为和积极反应的原因，家长才能更好地解决问题并预防可能出现的困难情况。

一般认为，孤独症患儿七岁前为小龄，学龄为七至十五岁，大龄为十六岁以上及成人阶段。

对于众多孤独症患者来说，小龄行为干预只能解决一部分问题，更多的问题会在他们进入学龄后陆续出现，归纳起来主要是两点——学龄融合教育难，大龄就业难。

得益于《"十四五"特殊教育发展提升行动计划》等政策，目前大部分适学孤独症儿童可以进入普通学校进行融合，但在学校融合期间仍然面临一些实际问题，比如相关资源与融合支持如何更有力度地为孩子服务等。

在我的走访中，好几个家长都觉得自己的孩子很幸运，在义务教育阶段"随班就读"，很好地融入了集体。老师和同学也对孩子很照顾，就像上文提到的陈丽那样。

媒体还曾报道过这样一个故事——

医学上，我被诊断为"孤独症谱系障碍"，但我并不满意这个命名，因为我并不感觉"孤独"。

低频的声音我会感到很刺耳，这令我恐惧，而你们几乎听不到那些声音；有些你们认为不是笑点的事情，我却沉浸其中笑个没完……

我喜欢研究电脑，尝试把我家的电脑重做系统，在经历n次失败后，终于成功装入了Windows xp系统，让我特别有成就感。

2021年12月4日，十一岁的西西“写”下这封《给20班的信》，工整稚嫩的字填满作文纸格，一言一语，诉说着他的些许不同。这原本是一份家庭作业，妈妈梁盈突发奇想，借此完成了一次关于孤独症的科普。

信是梁盈以儿子的口吻写好，再由西西一笔一画抄写，他还没有足够的语言表达能力。写信前，梁盈试着解释了写信的缘由，她觉得西西应该可以理解。结局令人高兴。老师在班里念了信，还让全班同学给西西写了回信。有家长听说后感动落泪，有孩子妈妈在班群里感谢西西。

但这些也仅仅是一部分事例。我也知晓另外一种现实处境。

小徐的妈妈介绍，十八岁的孤独症患者小徐在求学之路上就很坎坷。小学一年级时，屡屡有任课老师暗示她把孩子带走，找一个“适合这种孩子”的地方。遇见这样的劝退，小徐妈妈每次都据理力争，告诉他们：“国家规定的九年制义务教育，每个适龄儿童都理所当然享受这样的政策！”但是老师暗中的抵制带来了无形的压力，让每天陪着孩子坐在教室里的小徐妈妈如坐针毡。最终，小徐妈妈找到了一个折中的办法，让孩子半天在学校就读，半天在康复机构接受干预和教育。其实，这也是许多家长普遍的做法。

调查数据显示，国内患有孤独症谱系障碍的孩子，有将近一半在普通学校接受义务教育。由于他们有社交障碍，会对环境中的某种因素特别敏感，出现种种奇怪的反应，很容易被视作“怪人”，被孤立和嘲笑。在小学阶段，由于孩子们普遍天真幼稚，情况相对容易控制；到了初中，校园欺凌的情况就变得比较严重了。

“我最害怕的就是这种情况。”一位长期辅助孩子上学的家长说，她的孩子已经在一所职业高中读书，“有的时候，欺凌来自你意想不到的人、意想不到的地方。”她的孩子身高一米八，是个挺拔阳光的壮小伙子，但是，他经常被一个泼辣的女生截住辱骂。“她就是那种不讲理的人，在班上横行霸道的，看谁不顺眼就骂谁。我叫儿子躲她远点，可有时候就是躲不开，他一般就是忍着。我嘱咐一个和他要好的同学，看见了就上去找个借口把他拉走。”

越越是个聪明乖巧的孩子，在小学和同班同学的关系很好。有外班的同学欺负他，在走廊里堵他，班上同学就和他一起藏在空教室里，等人散了一起回家。但升入初中后的某一天，放学时，有人在黑板上写下这样一行字：某某是孤独症、傻子。学业的压力，同龄人的嘲笑，使越越变得越来越焦虑。不久他就休学了。[1]

1 案例引自张雁《穿越孤独拥抱你》，华夏出版社2020年版。

已经从深圳一所高职院校毕业的佳洋在《我的高中学习生活》中回忆起自己曾受到的校园欺凌：

在几乎每一次课间休息的时候，教室外面总会有几个同一年级的同学在我上课的教室外面围观我。

从初中三年级开始，（不能听人打响指）这个问题困扰我好长时间了。我并没有做出令他们不悦的动作，但是他们还会打响指——我那个时候最怕听到的就是这样的响声，每次听到这样响声的时候我内心的愤懑就会爆发出来，强烈的刺激使得我径直向这些人冲过去；每次遇到这些人的时候就避之唯恐不及，但一旦再次听到这样的响声，我就会再次冲向他们……

这些人甚至在我如厕时封住厕所的大门，导致其他同学和教师无法正常如厕；还有一次他们把整个厕所的门给锁上了，我很用力地去推门，结果把门推倒了，校方因此要我们家赔偿损失，也不敢再让我回校上课……

佳洋休学一年，直到高考前夕才回到校园。[1]

一位普通中学初一年级的班主任告诉我，她的班上有一个患孤独症的同学，是个安静内向的男孩，虽然偶尔会做一些奇怪的小动作，但总体是个“好孩子”。她从这个男孩随班就读的第一天，就反复告诫班里的同学要好好对待“特殊

1 案例引自微信公众号“李佳洋的微平台”，2016年12月15日。

的同学”，因为“他到这个课堂，很不容易”。她后来发现，虽然同学们都对这个孤独症男孩彬彬有礼，却刻意与他保持着距离，这个算得上“高功能”的男孩越来越孤僻古怪。

心理学家指出，真正意义上的融合很难，即使老师再包容，周围的同学再善解人意，但他们善待孤独症患儿的一个重要心理动因是怜悯同情，由此衍生的“特殊对待”，等同于已经将这个孩子排斥出了集体，他将不可能感受到与集体的“同频共振”。何况，老师的一再嘱托，让同学们在照顾“特殊孩子”的同时，还让他们心生警惕，“这个特殊孩子碰不得，更不可接近”。

除了学龄阶段的融合教育难题，孤独症孩子长大后，更加难以获得职业教育和就业支持。《中国自闭症教育康复行业发展状况报告Ⅱ》[1]中提到，自闭症（孤独症）儿童完成义务教育后，各项福利和相关康复机构均有所减少。不过，费用也较小龄阶段减少了一半，其中，民办大龄孤独症康复机构在每月五千元左右。一些省份陆续设立了残疾人职业康复站，鼓励条件合适的大龄孤独症患者排队进入，在那里可以

1 五彩鹿孤独症研究院编著《中国自闭症教育康复行业发展状况报告Ⅱ》，华夏出版社2017年版。

通过工作获得收入补贴。这里“条件合适”四个字非常关键，这代表着大龄阶段的技能培训必不可少。

有资深康复行业从业者认为，大龄康复服务机构少，是因为很多家长经过了小龄阶段从满怀期待到逐渐“幻灭”的过程，再也无法继续承担大龄阶段的康复费用了，很多家长对于孤独症孩子能得到一份工作也并不抱希望。

有专家认为，孤独症谱系障碍的特点决定了对其干预和帮助是终身的，家长对专业知识和技能的掌握直接关系到孩子康复的效果和未来发展的空间。对家长进行系统和专业的培训、保证其丰富畅通地获取信息渠道，则是对家长支持的重要措施。

在大龄康复服务机构，往往采取的是“一对多”的干预和训练方式，但这样的形式使得其效果并不明显；加之招生难，康复干预成本高等因素，使得许多民办大龄孤独症康复机构入不敷出。

值得一提的是，国家对孤独症群体的关注和扶持力度不断增强。2016 年以来，中国残联组织实施“精准康复”贫困孤独症儿童康复救助项目，并开展实名制孤独症康复人才培养项目，积极改善孤独症儿童康复状况，目前已累计 27.7 万（人次）孤独症儿童获得救助。不过孤独症康复行业仍然面临各种严峻问题。比如，儿童康复教育存在人才缺口，对专业康复师的需求极大，对大龄孤独症患者也缺少相应的社会保障体系。

和唐毅、陈丽等妈妈一样，一些家长在与各自困境的搏击中也渐渐生出了同理心，他们主动加入大龄康复机构的创立和运营；尤其是疫情防控期间，一些机构的营运深深陷入困境，但这些"同病相怜"的父母也不曾放弃这份公共事业。

"哪怕孩子只有一点点好的变化，家长就会非常开心。我亲眼看到，有的孩子一脸木然地来到我这里，然后一点点融入集体环境，变得爱说爱笑，甚至慢慢挖掘到自己可能的'一技之长'。这一切真的能收获满满的成就感。"浙江民办大龄康复机构负责人高老师说。高老师的女儿是一位孤独症患者，七岁以前几乎完全不会说话，经过不离不弃的干预和训练，如今二十岁的女孩已经在一家工艺美术商店从事"串珠"的工作。

高老师希望机构里十几个大龄孤独症孩子最终也都能找到自己的方向。目前，高老师的机构针对学龄和大龄孤独症孩子的服务项目主要是工艺美术学习，这不仅可以作为孩子们的兴趣培养，也能为他们进入普通职高做准备，给成年后融入社会建立基础。

高老师给我讲述了发生在今年母亲节的一个惊喜。

一大早，机构里十八岁的孤独症患者小亮便捧着一束黄色玫瑰到了高老师的办公室。高老师问："这是你要送我的？"小亮说："送给这里的妈妈，一个人一枝。"高老师接过小亮递过的一枝含苞待放的玫瑰，说了一声谢谢。但小亮没有立刻离开，他拉着高老师的手，怯怯地说："高妈妈，一起，一起。"高老师看看这个男孩，从他熟悉的神情判断，他又害羞了。于是，她轻轻拍拍他的手背，"好，咱们一起去。"高老师陪着小亮，把玫瑰花一朵朵送给机构里的女老师。最后，还剩下了一朵。这时，小亮说："这朵花，送给煮饭的阿姨，她也是妈妈。"高老师先是一愣，然后带头给小亮鼓掌。掌声响起，不知不觉她的眼里泛起了泪光。

这就是进步啊！因为这个孩子先前一直活在自己的世界里，外界的一切似乎与他并无关联。从小开始，通过行为干预才一点点建立了与他人的沟通机制，但他对外的一切动因，都来源于家长或老师让他做什么，他这才做什么。今天的"赠人玫瑰，手留余香"，甚至能主动想到一直在后厨忙碌的阿姨，这些都足以证明他的语言和行为，都渐渐走向了自主，而自主是融入社会最为关键的一步。

高老师告诉我，那天小亮的妈妈刚好也在现场，她甚至抱着自己的孩子喜极而泣。在这位妈妈看来，她的孩子由原来刻板僵固的"小孩"，变成了一个可以主动沟通的"大人"，他真正地"长大"了。

正如一位从业者所说："家长们常常评论孩子，他语言说得很好，他计算很厉害，他脑子很灵活，等等。但是，我告诉他们，你们说的仅仅是功能。康复的真正目的，是要帮助这些孤独症孩子从星星回到地球上，他要适应地球的生活，适应普通人的生活，感受他人和环境，并从外界的一切生发出自己的喜、怒、哀、乐。"

八

从"影子老师"到"就业辅导员"

近年来，孤独症儿童进入普通学校就读的通道已渐渐开启，但媒体也报道过这样的案例，班里的家长联合起来，要求孤独症同学离开。社会舆论有不同的说法，有的认为，那些家长缺乏对弱者的基本同情心，而另一些人则认为，孤独症儿童本就应该与正常孩子分开，集中起来接受适合他们这个群体的教育。

把一个有着孤独症谱系障碍的孩子送进一所普通全日制学校，这只是一种形式，那么怎样才算真正打通了融合教育的渠道？实际上这已经触及“融合教育”的关键。也许，“晨晨跨海上学去”的故事能给我们提供一些启发。[1]

1 案例引自《台湾跨海求融合：自闭症孩子经历了什么？》，发表于“恩启社区”，2020年3月26日。

晨晨是来到台湾地区尝试“融合教育”的第一个大陆学生。

他小时候被诊断为智力发育迟缓，实际具有明显的孤独症个体的核心问题表现，却因为不够准确的诊断，一直未能得到很好的安置。家人南上北下，钱花了不少，可不见效果。三岁时，晨晨上了全郑州最好的幼儿园，家人希望晨晨可以学习普通孩子的规范性行为。可上了一个星期，老师告诉家长“孩子坐不住”，要求他退园。为了让孩子留在幼儿园，家人每年需要多支出一倍的学费。

其实，晨晨课上表现挺好，不乱跑也不去影响别人，但一到课间，问题就来了。与同学互动时，晨晨不知轻重，经常弄疼同学；与别人开玩笑时也不在乎别人感受，没有分寸感，让人不舒服。起初，老师和同学们都能接纳他的行为，有一些小冲突，家长出面道歉也能得到谅解。直到有一天，晨晨“触碰到大家的底线”。

那是小学二年级的夏天，晨晨喜欢班上一个很瘦小的女孩，想跟她做朋友。可女孩见到晨晨害怕，在躲闪时摔倒。晨晨一副不明所以的模样，女孩却大哭起来。结果晨晨被班里几个男生拉到厕所揍了一顿。事后，女孩换了班。晨晨的家长后来才辗转得知，从幼儿园到小学，家长们一听跟晨晨同班，未等开学就转走了孩子。

2011年5月，台湾地区某社会福利组织邀请郑州一批特殊孩子的家长去台湾参访，晨晨的家长也在其中。行程最后一站，是参观台湾新竹教育大学特教系吴淑美老师推行了二十多年的融合教育班。

1989年，吴淑美将身心有障碍的孩子与普通孩子融合在同一班级，让特殊孩子也能自然而然适应所处的社会环境，并让普通孩子从小学习到"接纳""合作"等品质。

"我们能不能来这个学校？"参观结束后，晨晨的父母联系了吴淑美。刚好，融合教育实验班每年夏天会有为期一个月的夏令营。最终以"文化交流"的名义和在吴淑美的担保下，晨晨与母亲一同来到了台湾。

到了新竹附小的融合校区，晨晨发现夏令营其实就是在学校上课。他这个班级一共有五个孩子，像他一样的特殊孩子有三个，年龄差距也很大。其他教室里也有孩子在上课。一下课，不同班级的孩子就会凑到一起玩。

几个孩子过来找晨晨玩。晨晨如果有行为举止不当，其他孩子就会跟他讲："你不该这样，你应该这样做……"吴淑美说，他们这是在引导他。

通过夏令营，吴淑美发现晨晨可以被引导。白天的课程以外，吴淑美帮助晨晨安排艺术治疗、音乐治疗、职能治疗等"一对一"的课程，这有助于晨晨的情绪表达。四个星期的夏令营里，晨晨“进步明显”。母亲甚至由此惊讶地发现，晨晨还会帮助别人，并慢慢建立起自信心，也与同学建立了友谊。

夏令营结束后，父母决定，把晨晨送到新竹读书。2011年10月，晨晨进入吴淑美推动的中学融合班就读。

一次，当班级值日生的晨晨，拖地时碰到老师的脚。老师告诉他，下次要先与别人说“不好意思，请让一让”。晨晨说“对不起”，老师告诉他不需要道歉，“对不起”跟“不好意思”不一样，没有做错事就不需要道歉。

第一学期结束后，晨晨回到郑州。全家人发现他变化非常大，他甚至还会对爸爸表达自己的情绪和感受，比如“爸爸你不能这样做，我会很难受”。之前，晨晨在家里表达不出自己的想法，只好乱发脾气。

母亲清楚地记得一个日子，2012年3月31日。那天放学路上，晨晨大声说“我是天下最聪明的人，我是天下最能干的人”。母亲非常开心，觉得“儿子自信出来了，在哪儿都没有这样的状态”。

在新竹接受融合教育的两年，晨晨学会了打棒球，这是一个比晨晨程度轻的特殊学生教他的。他还参加了学校的水上运动会，在一项“水中漫步”比赛中获得亚军。领奖时，晨晨很羞涩，回到座位上，他兴奋地拿着奖牌看了又看。

三年后，吴淑美将晨晨在融合班的镜头剪辑成纪录片《晨晨跨海上学去》，并在大陆举行了首映礼。

这就是晨晨的特殊成长故事。他接触的前沿教育模式，提供的启示或许就是告诉孩子："你和其他同学一样，都是普通而正常的孩子。"只有真正撕下"特殊"和"歧视"的标签，才能称之为"融合教育"。

如今，有一个观点已逐渐成为共识：孤独症患者的社会融合之路应当从义务教育阶段就开始，也就是更多地鼓励孤独症儿童和正常儿童一起上学。在平等宽容的环境里，孩子慢慢接受了"我有孤独症"这个现实，了解自己因为先天的原因有时头脑会"卡住"、注意力不能集中、过于沉迷细节，学会理解自己的情绪变化，试着自我控制。

在近年的相关文件里，身患残疾的孩子在普通学校学习被称为"随班就读"。2017 年，教育部等七部门印发《第二期特殊教育提升计划（2017—2020 年）》，明确优先采用普通学校随班就读的方式，就近安排适龄残疾儿童少年接受义务教育。来自教育部的数据显示，随班就读成为残疾儿童接受义务教育的最主要方式。2020 年度，招收各种形式的特殊教育学生 14.9 万人，在校生 88.08 万人，其中，附设特教班在校生 4211 人，占特殊教育在校生的比例 0.48%；随班就读在校生 43.58 万人，占特殊教育在校生的 49.47%；送教上门在校生 20.26 万人，占特殊教育在校生的 23.00%。

对于多数孤独症孩子而言，因为他们伴有的异常行为可能对课堂教学秩序和周围同学构成影响，要让他们在良好的学校氛围里正常成长，常伴身边的陪读者必不可少。早些年，随班就读的孩子，在课堂上常常陪伴他们的是家长，就像陈丽那样。但并不是所有的家长都能随时相伴，何况，如果有家长抱着“护犊子”的偏爱心理，不自觉就让孩子越来越特殊，也会让他们越来越边缘化。这几年，为了帮助这些有着特殊需要的孩子，社会上出现了陪读老师，也叫“影子老师”，指如影随形地跟随这些有特殊需要的孩子，教他们在学校适应学习、规则和社会交往的老师。

对上海的一位妈妈来说，她的孩子很幸运，寻到了一位尽职尽责的“影子老师”，在其辅助下，孩子很好地融入了普通小学，被老师和同学真诚接纳。孩子当初最大的问题是“与外界割裂”。在幼儿园的时候，老师讲故事，他哇啦哇啦叫；同学们学着做手工，他揪同学的头发；大家午休，他拼命摇木床，弄出嘎吱嘎吱的声响。所以，孩子很快就被幼儿园给劝退回家。同样，在进入这所普通小学之前，孩子还有过两次被拒绝的经历。现在这位陪读的“影子老师”，在学校里不断为孩子打气，用细微的动作告诉他“你是最棒的”，同时又及时制止和纠正他可能危害课堂秩序和引得同学讨厌的行为，让他更趋向于一个正常的小学生。

当前，受雇于家长的"影子老师"尚未被纳入正规教育体系，正面临着不被普校接纳、供需不平衡、尚无行业标准等多重尴尬境地。对此，教育部出台了《关于加强残疾儿童少年义务教育阶段随班就读工作的指导意见》，指出要大力开展随班就读教师培训，将特殊教育通识内容纳入教师继续教育和相关培训中，提升所有普通学校教师的特殊教育专业素养。

和"影子老师"一样，辅助就业也是一种推动大龄孤独症患者社会融合的尝试。国内已陆陆续续出现一些专门帮助十八至四十五岁的智力障碍者、唐氏综合征患者、孤独症患者等心智障碍群体的公益组织。比如知名的"湛蓝工作室"，将音乐课、绘画课、国学课、运动课、戏剧课等进行系统编排，固定上课时间，让学员们接受规律的培训。从生活中学习，是湛蓝工作室的一大特点，所有学员必须参与扫地、擦桌子、洗杯子、洗模具、扫厕所等日常劳动。"只要符合简单、重复、安全这三个要件的工作，他们就可以去做，比如清洁、整理，等等。"湛蓝工作室的创始人张曼筑说，"这些孩子在家里什么事也不做，就是吃饭、休息、看电视、玩电动。家长不会带他们出门，也不带他们学习新东西。他们会很封闭，情绪也不好，这就变成一个恶性循环。社会上的机构在没有学费可以收的情况下，几乎没有人愿意做大龄心智障碍群体的辅导。”

湛蓝工作室坚持不收学费。张曼筑认为，一旦收费，很多曾遭遇挫折的家长便不会让大龄心智障碍者加入湛蓝工作室，“那这个孩子就失去了一个让我们帮助的机会”。

湛蓝工作室是一个培训平台，也是一个开放的“半庇护式”工作场所。来湛蓝工作室的学员靠自己的劳动，能够获得一笔小小的收入。根据不同的劳动能力，他们的时薪在六至十元左右。

而当学员能够自立时，湛蓝就会鼓励他们走出庇护，进入社会工作，工作岗位都由熟人介绍。

2014年，在湛蓝工作室接受了两年培训的一个智力障碍女孩成功进入一家人力公司做打字员。她个性沉稳，学习能力相对较强，工作比较稳定。她是湛蓝工作室首位成功实现社会就业的学员。还有一位学员，曾经在税务所送文书，后来在餐厅当服务生，又去了运动鞋店当店员，还曾在外贸公司负责发货。由于经验不足，他将两千多块钱的货发错了，因此被外贸公司辞退。现在，他在街道工作。“他们慢慢积累工作经验之后，可以获得一些更好的机会。”张曼筑说。

这是一家开在城市中心闹市一侧的花店，一个清秀的短发女孩正聚精会神地将刚刚从昆明空运而至的各式鲜花修枝剪叶。有人来买非洲菊，却抱怨自己家的花瓶矮了些。闻言，边上一个五十岁上下的中年女子向短发女孩轻轻做了个手势，女孩立刻利落地将顾客选好的十枝鲜花的花茎一一剪掉一截，但仍保持花枝高低错落的婀娜姿态。整个下午，中年女子时不时轻柔地拍拍女孩的肩膀，然后低语几句。原来，这个二十出头的女孩是一位孤独症患者，而这个中年女人是她的"师傅"，一位来自某非营利助残组织的就业辅导员。这位就业辅导员曾是家庭妇女，插花是她闲暇时的爱好。在帮助一个孤独症少女融入社会的同时，"就业辅导员"这个新兴职业，也让一个有着一技之长的家庭妇女重新融入社会，从某种意义上来说，她们推动着彼此。

"'心之屋'大龄项目的妈妈们，实际也承担着'就业辅导员'的职责。"唐毅说，"这是一个很好的平台，不仅有收入，还可以在集体中建立伙伴关系，能更好地让大龄孤独症孩子融入社会生活中。"

据了解，心智障碍者的就业可分为"庇护性就业"和"支持性就业"两种，前者将心智障碍者集中在一起共同工作，后者则由专业的就业辅导员在常态化的就业环境中为心智障碍者提供训练。

“庇护性就业”也有一个典型的事例。在陕西有一家特殊的公益超市，这家超市中的店员全部为残疾人。作为西安唯一一家专门为心智障碍人士提供就业及劳动技能训练的超市，目前共有六名心智障碍者在这家超市里负责门迎、理货、收银、送货等工作。

一般认为，在特定职场环境或者在一定庇护条件下从事相应的工作是孤独症孩子成年后最理想的状态，并且很大程度上减轻了家人的照护压力。据了解，当下为障碍人士准备的庇护性就业劳动场所较少，前文所述的残疾人职业康复站是其中之一，但需要排队等待入职机会。而有就业需求的大龄孤独症人士人数较多，社会融合需求迫切，他们可以在就业辅导员的帮助下，去普通企业工作，跟普通人成为同事。

但目前只有部分城市将“就业辅导员”作为一个正式职业。朱佳云向我展示了一份来自北京的《就业辅导员手册》。推动“就业辅导员”这份职业在重庆本地落地生根，这已渐渐在他的机构发展目标里成形。他在广泛调研之后草拟了一份《心智障碍就业辅导员培训方案》。培训的重要性和必要性在哪里？朱佳云在这份方案中写道：

一是我们促进心智障碍者就业的理念滞后，服务建设不系

统。现阶段仍然把"庇护性就业"（或"辅助性就业"）作为解决心智障碍者的就业的主要解决方案，庇护性就业是隔离、保护性就业形式，轻度心智障碍者的能力提升和社会参与受限，导致其潜能逐步退化，没有出口。而中、重度的心智障碍者没有地方可去，家长照料压力不断加大。

二是用人单位和社会对心智障碍者就业存在偏见。心智障碍者即使持有三级、四级残疾证，具备一定的就业能力，用人单位仍因为很多顾虑而不愿意提供合适的就业岗位。

三是心智障碍者就业缺乏持续、专业化的支持，亟须培养专业的就业辅导员团队。心智障碍者的核心障碍就是沟通和互动障碍，作为连接就业对象和企业的就业辅导员是心智障碍者能够就业成功的最关键角色，他们发挥着就业对象评估、岗前职业素养培训，岗位开发和匹配，岗位场所中的密集支持及培训等核心角色。

四是心智障碍者的职业教育体系与就业支持脱节。目前，我市举办的残疾人职业教育和技能培训班，均缺少包括独立生活技能（如自主出行、社区融合等）、职业素养（关于工作认知和社会规范）等衔接就业的转衔课程，这也是心智障碍者就业的核心挑战之一。

……

在大龄孤独症患者的就业过程中，职业选择还有一定的局限性，社会上也存在对残障人士职业的刻板印象。近些年，工艺美术是大龄孤独症患者比较常见的融入社会技能之一，但也有妈妈告诉我，她带着干预情况非常好的孩子去职高面试时，不敢轻易跟招生老师说起“孤独症”的事情，因为已经有前车之鉴——主动说明情况的孩子被直接拒收。但不说也同样面临困境，因为即使干预情况再好，“孤独症”患者也一定有异于常人的某些表现，一旦被发觉，可能遭遇劝退。

“我希望未来职高可以明确地开放，接受孤独症孩子入学。”这位妈妈向我诉说了她的愿望。

实践研究表明，以下工作特别适合孤独症人士：图书馆图书整理、面包房和西点制作工、工厂配件组装、影印、照片冲洗店、门警、超市货物整理、资源回收中心、仓库货品管理、资料输入员、花农、数钞员等。还有一部分“高功能”孤独症人群具有超强的机械记忆和艺术表现能力，如果充分挖掘他们的潜力，可以为他们后续就业带来很大的帮助。

关于如何推进大龄孤独症患者更好地实现社会融合，有专家认为，全社会都应注意到孤独症人群更容易受到伤害，常遇到被边缘化、被排斥等实际问题。大家应当如何对待差异？社会是否能提供更有包容性和更注重公平的措施？这些都会影响他们的生活经历和最终发展，而许多问题都需要通过社会协作来解决。

后记

休假快要结束了，张国华即将返回深圳。是否彻底结束那边的工作返回重庆，还要从长计议，但这次去深圳，他带上了妻子和小静。他想让小静先在那座沿海城市玩上一段时间。小静一直很喜欢深圳的地铁和海风。张国华相信，未来小静一定有自己的路可以走。长大的孩子们也有自己的友谊，小静和他的伙伴们一直保持着联系。小静知道，曾经的同学和同事小安，同自己一样，脑子里存着美好的图景，等待着下一份工作。

长大的小静很帅气。我悄悄问过张国华："小静有谈恋爱的意识吗？"另一位妈妈曾向我讲述她新增的烦恼：已经成年的儿子，如今也像其他年轻男孩一样，会对女孩子感兴趣。在路上走着，见到漂亮的女孩，会停下脚步，直勾勾地看着女孩，呵呵地笑，丝毫不会隐藏自己的喜悦之情。他的非常举动，让陌生的女孩惊羞地加快了脚步。有时，他甚至会径直走到女孩子跟前，问一些奇怪的问题，让对方惊慌地跑开。尴尬之中，蕴藏着人之为人在青春之时自然勃发的生机。

张国华告诉我，之前有一个在机构里认识的女孩子主动给小静发微信，刚开始小静还兴致勃勃给她回复，说一点儿自己开心的事，但随着女孩的联系次数越来越多，小静反而胆怯且厌烦了。"小静这种情况，一切只能顺其自然。"

小云妈妈除了自己在大城市里努力坚持外，也和一些与她遭遇相近的农村妈妈一起，开展互助活动。在她们的劝说下，好几个当地农村孤独症家庭为孩子办理了残疾证，获得了残疾人补贴，让孩子尽早接受康复性干预。

"是的，这些变化很不起眼，但在农村孤独症家庭，可以说是万里长征迈出了关键的第一步。"

唐毅、陈丽等妈妈依然以大龄项目为依托做着自己的尝试，她们不知道这条路能够走多远。因此，除了期盼孩子们有一天能独立地好好生活，也盼望着社会能帮助他们"兜底"。我国诊断的第一代孤独症儿童如今已经成为中年人，二十世纪九十年代诊断出的那批孤独症儿童也早已成年。未来，这批中年人会慢慢老去，那么到时有机构能为他们提供养老服务吗？目前的现实情况是，一般的养老院和收容困难人群的“集中供养中心”，基本都不接纳“带有精神症状”的孤独症患者。能接收孤独症患者的残疾人服务中心数量又格外有限。

“当国内大部分孤独症家庭的压力还是由家长承受的前提下，对于不确定的未来他们必然忧心忡忡。如果要从根源上解决这一问题，还是要以政府为主导，建立法规，完善政策，发展专业，培训家长，支持机构，构建完善的社会支持体系。”朱佳云说。

与一位熟识的编辑聊起我这次的采访和创作，她好奇地问我，那你的作品里要介绍什么行之有效的推广经验呢？我说，这个尚在探索之中，重点是要展现他们那些不为人知的现实，困难、互助、期盼、搏击、启发……这就是现实——孤独症患者及其家庭越来越被社会关注，社会保障和救助工作也在逐步完善，但康复、教育、就业、安置和社会保障等几个重要环节中，现实需求与社会服务供给之间的矛盾很突出。

她问：“那这样的创作意义何在呢？”

我回答：“为了让人们更多地了解这个大龄特殊群体，真正的共情一定是建立在深入的了解之后。我们的社会，有义务、有责任提供多元化、高质量服务，并且能够覆盖孤独症群体全生命周期，让‘来自星星的孩子’不再害怕长大。”

在作品即将完成之际，我也恰好读完了《男孩肖恩：走出孤独症》一书[1]。肖恩与他的家人一起，终于走出了宿命的泥沼。大学毕业后的肖恩住在自己的公寓，有独立的生活，找到了全职工作，开自己的车，有女朋友，爱好打网球……一切很美好。书中的美好结局，真心期待有一天映射进我们的现实。

未来可期。

（为保护个人隐私，文中部分人物为化名。在此衷心感谢所有受访者。该作品原发于《当代》2025 年第 2 期）

1　参见肖恩·巴伦《男孩肖恩：走出孤独症》，华夏出版社2015年版。

评论一

孤独症患者：权益与尊严

读李燕燕报告文学

《长大的他们——大龄孤独症患者的社会融合之路》

张陵

报告文学作家李燕燕对特殊人群的社会问题特别关心用心。她的作品内容与众不同，视角出人意料，常会有独特的认识和发现。新创作的报告文学《长大的他们——大龄孤独症患者的社会融合之路》就非常典型地体现了作家的关注点、思考点和着力点。几年前，她创作的报告文学《无声之辩》，讲述了一个出身在聋哑家庭的律师为聋哑人士提供法律援助维护权益的故事，强烈地触动了社会的痛点，引发了社会的深思。而《长大的他们》面对的是一大批大龄孤独症患者，所涉及的精神心理问题、医疗康复问题、社会接纳和就业等问题更为复杂，破解难度更大。因此，作家思考的难度和写作的难度就更大。不过，我们知道，作家李燕燕不畏艰难，她的代表性作品总是在知难而上的过程中创作完成的。

作品直截了当地告诉我们一个让人心痛得喘不过气来的事实：无论是否被明确命名，孤独症都是一个世界性的“疑难杂症”。患者比其他疾病患者更为不幸在于：病因不明，无药可医。世界上多少科学家和医生动员多少科研力量，希望早日发明生产有效药品，攻克孤独症难关。直到今天，奇迹还没有产生，医生们的努力还在持续。“康复治疗主要以单纯行为干预为主，这一状况至今也没有得到改变”，也就是说，人类对孤独症的药物治疗仍然无能为力。作品提供的数据更是令人震惊：中国新生儿孤独症发病率为 1%，孤独症儿童超过一千万，并以每年近二十万人的速度在增长。每一个孤独症患者背后，都是一个陷入无边苦海的社会家庭。作品要讲述孩子们的故事，必然要讲述苦难家庭的命运；而当孤独症孩子一天天长大，家庭就一天天陷入绝望。1981 年，我国第一个孤独症医学专家杨晓玲诊断了我国首例孤独症孩子，到现在，这个孩子已经五十二岁了，而其他孩子，也都在不断长大。长大了的他们，是一个什么样的社会群体？他们的家庭这些年怎么走过来的，都在怎样承受？我们的社会怎样面对和接纳这个迄今无药可治的社会群体？作品把这几乎无解绝望的一切，端到读者面前。

作品翔实地描述了这些已经长成二三十岁甚至更大龄

的被称为“来自星星的孩子”，融入社会，就业养活自己的多重困难。尽管国家非常关怀特殊人群，一直出台相关扶助政策，有关慈善机构也在多方探索，但在现实中，特别在受教育、就业以及再教育方面，仍然障碍重重。那个首例确诊患者，在四十年时间里，一直在家庭的庇护之下，从少年到青年再到中年，始终未能成功融入社会。而一些尝试就业的患者，进展也非常缓慢。在一家为心智障碍者融入社会而开的汽车美容店里，孤独病患者小静是个可爱的小伙子，但“工作时很容易滞留于一个细节，比如擦拭车窗，如果没有人提醒，他会一直只专注于那扇车窗，哪怕车身有再多的污垢，都视而不见”。另一个患者小安脑子里“仿若植入了一套‘固定程序’——他早上起床时间固定，中午十二点必须准时吃饭，下午六点则要准时下班，一分钟不能多，一分钟不能少，否则就会情绪失控，涨红着脸喊叫”。这些孩子，必须有专门机构安排就业，一般的企事业单位实际上很难接受这些长不大的孩子。生活在城市里的孤独症患者很艰难，而生活在乡村的孤独症患者则更艰难，被作家称为“隐秘的角落”：阿强从小被周围的人当作“傻瓜蛋”，浑浑噩噩地生活了三十年。他面无表情，只会漫无目的地点头，几乎不会说话。他什么事都学不会，“唯一能做的就是劈柴和烧火”。患者小陈快十六岁了，被确诊后因家庭经济困难，从来没有参加过任何康复治疗，身体状况达不到公立学校的入学要求，只能一直处于失学状态。康复费用对农村家庭常常是天文数字，而且康复周期要持续多年，令低收入群体不堪忍受。实际上，城市普通家庭同样负担沉重。在这种情况下，孤独症不光是生理精神疾病问题，在一定程度上也成了严重的社会问题，尤其是他们长大以后，社会问题将越来越突出。

正是从社会问题层面上，关注孤独症，才赋予了作品思想主题的社会意义。作为疾病，人类现在还无能为力，无法控制。孤独症患者，在他们"自我"的世界里，可能没有正常社会的烦恼，他们不会产生问题。所有的问题，都产生在家庭，产生在社会。作为问题，我们的社会必须直面现实，积极应对，寻找解决或缓解的途径，为大龄孤独症患者寻找人生的出路。国家政府在想办法，社会机构也在想办法。坦率地说，在相当长的时间，巨大的责任首当其冲压在患者家庭身上，许多家庭被折磨得心力交瘁，但仍然在坚持，哪怕知道会被压垮。作品写了几个勇于承担压力的家庭，代表家长的意志，也代表着社会的积极力量。他们的坚持，不断积累了经验，为国家政策的完善，为社会机构的服务质量的提高，提供了有价值的依据。内地退役军官张国华自主择业去深圳工作七年，为的是给儿子小静康复多挣点钱，直到儿子二十岁了，妻子实在无力照顾了，才回来。儿子融入社会很慢，但每一次小小的进步，他都特别开心。首例确诊患者王阳，父亲去世了。母亲操劳过度，得了癌症，她万般着急呼喊，我不能倒下，我要给儿子找出路。患者小点的母亲唐毅，是个高级知识分子，直接创办大龄心智障碍人士康复机构，后又创办汇爱社会工作服务中心，启动“心之屋”等多个项目，和妈妈们一起，打造互助社区，成为大龄心智障碍人士安置模式寻找出路的重要探索者。然而，这些善良而又执着的父母们知道自己正在渐渐老去，他们共同的担忧就是：没有了家长，社会能顺利接过这些病孩吗？多数妈妈都在想，为孩子找一个稳定的寄养机构，一个可靠的依托机构。问题提得很现实，却有些凄凉——我们的社会能承诺，给这些大龄孤独症患者出路吗？所有的问题都集中到这一点，长大了的他们，出路在哪里？

作品写作的重心，就是在寻找和探索这种承诺的可能性，让人看到这些患者群体得到社会关爱和救助的现实。也许，这些患者不知冷热，还没有能力感受到社会的温暖，但社会将冲开他们麻木的心灵，把关爱实实在在地输入他们的心灵深处，让他们尝试感受社会的暖意，尝试着自食其力，争取自己的社会权益。相信总有一天，人类将会攻克孤独症，给患者带来福音。眼下，最紧要的工作，是帮助大龄孤独病患者顺利走进社会，融入社会。在作家李燕燕看来，融入社会就是尊重他们的尊严，保障他们的权益。让他们有尊严地生活，让他们和我们每一个人一样享受到自己的权益。

作品描述社会现实所形成的几点思考，特别值得注意。其一，需要我们对孤独症有正确的认识。专家认为，"孤独症及其他神经发育障碍者都是社会重要组成部分，他们遇到的问题，只是神经多样性的表现"。这话提醒我们社会，没有任何理由歧视任何一个孤独症病人，哪怕他们的思维、举止和生活能力与正常人存在较大的差异。他们只是一群等待对症药品的病人，我们不可以把他们从社会正常生活中排斥出去，让他们孤立无援。作品写到，孤独症小孩上学的困难，以及家长听说班上有孤独症学生，就让自己的孩子转学的现象，都在加大社会的认识误区和鸿沟。其二，社会的关爱不是居高临下的同情怜悯。在与各类残障人士的关系里，所谓的正常人常常不知不觉流露出某种优越感，实际上相当敏感的残障人士能够清楚地感受到其间存在的不平等。社会应该努力消除这样的优越感和不平等，充分认识到，他们不是弱势群体，而是和我们一样，在努力创造自己的美好生活，同样有着人性尊严和社会权益。只有改变、调整和更新我们这些所谓的正常人的理念、观念和思想，我们才能与他们平等对话，真心沟通，才能有真爱，也才能使大龄孤独症患者顺利融入当今社会。作品写到慈善人士投资的汽车美容店、咖啡店等就业平台，精心研究，精准到位，表明社会对孤独症认识的深化，也表明社会关爱的品质正在不断提升。其三，要积极探索、拓展、延伸康复训练。我们知道，在目前还无对症药物治疗的情况下，孤独症病人主要依赖康复训练来治疗，来适应社会教育要求，获得就业机会。因此，社会必须以“康复”为引领，积极探索融合之路。作品描写了台湾地区一家针对孤独症儿童的“融合教育”方式，使一名大陆前去康复的孩子学会了道歉，会说对不起。回到家里，也会对爸爸表达自己的情绪和感受，进步让人欣慰。当然，老师们还是坚持认为，只有真正撕下“特殊”和“歧视”的标签，才能称之为“融合教育”。而在上海，已经有了“影子老师”“就业辅导员”这样的新兴职业，说明对大龄孤独症患者融入社会的帮助和支持，不光有家庭，不光有慈善，还拓展出了职业化的方向，这不能不说，是社会建设的大进步。

中国正在进入高质量发展的时代。“高质量”应该需要“思想质量”“精神质量”的同步提高，这意味着，整个社会将更加尊重人，将更加坚持“以人为本”的理念，将更有大爱之心，这是高质量现代化社会文明的重要道德标志。我们有理由相信，就算药物治疗还需要漫长的等待，但一个向上向善的社会一定同样会给孤独症患者有尊严有质量的生活，千万个受苦的家庭将渐渐消除他们长大以后的担心和忧虑。

也许，这就是报告文学《长大的他们》主题的乐观生动表达。

（张陵，文艺报原副总编辑、作家出版社原总编辑，中国作家协会报告文学委员会委员。本文原发于 2025 年 4 月 2 日“新重庆”客户端，收录时有改动）

评论二

比长大更重要的是走出迷途——读《长大的他们——大龄孤独症患者的社会融合之路》

刘清泉

《长大的他们——大龄孤独症患者的社会融合之路》(以下简称《长大的他们》)是报告文学作家李燕燕的最新非虚构作品。在文章最开头的“引子”里,李燕燕说,当她从某民办非营利性公益组织牵头人朱佳云的手机上看到患孤独症的大男孩小安发过来的一排排刷屏的“今天我要不要上班?”时,她决定了要写写他们,写写这个大龄孤独症患者群体。几乎也就是在这一刻,我决定了,要为这个作品写下一些文字。

我是小安的父亲。

一

小安是我的大儿子,生于 1998 年 7 月 19 日,那一天是农历闰五月的二十六。民间有“五月闰,事不顺”的说法,我压根儿是不信的。当年我在高校宣传部门工作，小安妈妈是某报副刊编辑，对于这个说法，我们当然是一笑而过。初为父母的高兴劲和接踵而至的各种烦恼充塞了我们的生活，哪还有闲工夫去想别的！时间过得飞快，转眼小安四岁了，却还不会流畅说话，注意力不集中，带着焦急和不安的心情，我们去了专业医院，通过一系列测试和评估，儿童心理科的专家判断小安“高度疑似孤独症”。这无疑是一记晴天霹雳！抱头痛哭之后，小安妈妈带着小安去了广州、北京，中医、行为训练、家长培训……各种可能的路径和方法都尝试过了，收效有限。从痛不欲生到幻想奇迹，在屡战屡败之中，我们也慢慢接受了小安患上这个至今仍不可解的不可逆怪病的事实。

听从专家的“融合教育”建议，我们把小安投进幼儿园，投进小学，投进启智性职业初中，勉强完成了九年制义务教育（我之所以用到“投”字，实在是因为在别人看来，小安就是一个“包袱”，只会增添麻烦和压力）。在这个过程中，小安都经历了些什么？我无法尽述，唯有成长是确定无疑的。打小，小安对属于知道性质的知识及图形就有很强的记忆能力，世界地理、中国地理、历史名人、大事件、各种车标……他都知道并能准确识别，至于认识汉字，学习汉语拼音、英语，使用电脑等等，小安真的都仿佛只在一夜之间就都会了，甚至比我们这些成人还熟悉。渐渐地，小安长大了，不到 20 岁身高就蹿到了 185 厘米，妥妥的“大男孩”！正因为有了这些不错的基础，小安有幸进入了重庆师范大学特殊教育中心接受专业的孤独症患者职业重建。之后有关小安的故事，在《长大的他们》中已有详述，我就不啰唆了。

我想说的是，尽管今天的社会对“孤独症”已有了科普意义上的认知，但这仍然远远不足以支撑这些“来自星星的孩子”普通的生活、工作。或许，这也正是李燕燕要用接近 14% 的篇幅在《长大的他们》中对“孤独症谱系障碍”进行深究和细说的原因吧。“孤独症谱系障碍”凸显于广泛性社会交往障碍，孤独症患者最集中的表征、最大的缺陷以及最不可控的因素就在于情绪的不稳定。不稳定的情绪导致大龄孤独症患者无法真正深度融入社会，孤独症之所以被称为现代医学乃至科学的“不解之谜”，最大的困惑也正在于此。

小安去到“朱佳云当初为心智障碍者融入社会而开张的汽车美容店”之前，在我所在的重庆师范大学图书馆工作过一段时间，干的是书库管理员工作，主要任务包括：一是对开放阅览室分拣下来的图书登记在册，二是将这些图书分类上架，三是维护书库清洁卫生。书库正式员工是两个中年女老师，其中一个患有神经衰弱，喜静，中午要在书库内午休。小安很快就适应了工作要求，还挺勤快的。在这里工作，闲暇时间较多，他的缺点也很快暴露了出来，要么在书库中跑来跑去、拍手跺脚，要么大声叨叨网上、电视上的经典台词，这便招来了那位神经衰弱老师的严厉呵斥，有时她还会变本加厉，指责小安清洁卫生没做干净，地面水渍太多，开水没烧到沸点……我能感觉得到，那些日子里，小安回到家总是显得闷闷不乐的，也不大愿意跟我和他妈妈讲工作上的事情，一旦提起那个女老师，小安就变得紧张、局促，连连说："好的好的，我会改的，我会改的……"直到有一天，图书馆馆长急匆匆地给我打来电话，说小安闯祸了。原来，就在当天早上小安上班不久，因为一件小事，那个女老师又严厉地批评了他，并且威胁他不要来上班了。小安终于爆发了，脸涨得通红，嘴里忙不迭地说着"不要不要"，拿起桌上的水杯冲到邻近办公室去接开水，手一扬，开水烫着了旁边无辜的老师……

小安的工作自然保不住了。他只能暂时待在家里。打那以后差不多一个月的时间里，每天上午八点半钟，我的手机都会收到来自小安的同一条消息："我今天要不要上班？"。每每听到伴随信息传来的铃声，看到满屏的整整齐齐的这些字，我的手会不由自主地颤抖起来，那种触目惊心、五味杂陈的感觉，久久挥拂不去！

像我这样的正常人都无法管控好负面情绪，心智存在明显缺陷的小安和“小安们”又怎么可能应对自如！《长大的他们》给出的建议是：让“影子老师”或就业辅导员介入。作者李燕燕在文中分享了“晨晨跨海求学”、湛蓝工作室、“心之屋”大龄项目等成功案例及其有效经验，让大龄孤独症患者增强了融入社会的信心，看到了就业的希望。但问题是，“影子老师”需要具备一定的特殊教育专业知识与能力，且因为其主要受雇于家长、未被纳入正规教育体系，从业者尚存不小的顾虑；就业辅导员则更是可遇不可求，国内只有部分城市将其视为正式职业之一。

大龄孤独症患者的前行之路依然漫长，而《长大的他们》中记述的朱佳云、唐毅、陈丽、孙军霞、吴淑美等等若干人，无疑都是在这条路上为小安和“小安们”掌灯的人。《长大的他们》本身，也就成了道路远端一道闪亮的光。我知道，包括文章作者李燕燕、《当代》杂志编者在内的很多朋友以及更多我不认识的好心人在内，我们都在逐光而行，未来不可阻挡，未来正在到来！

二

也正因为如此，我以为《长大的他们》是我所读过的关注孤独症谱系障碍特殊人群的最好文本之一。结构上，《长大的他们》围绕“大龄孤独症患者的社会融合之路”这条主线，娓娓展开叙述，主体由八个篇章构成，另有一个“后记”；内容上，文章涵括了大龄孤独症患者初印象、对孤独症谱系障碍的再认识、大龄孤独症患者融入社会的状态观察、妈妈们主导的大龄孤独症患者的自我拯救、孤独症患者家庭的“二孩”现象、农村孤独症患者及其家庭现状、孤独症患者的康复训练及学龄融合教育难题、大龄孤独症患者的庇护性就业与支持性就业辨析等，“后记”中还提到了大龄孤独症患者面临的婚恋问题、将来的养老问题。整篇文章丰富多样，立体多面，一幅幅图画、一幕幕镜像跃然纸上，令人印象深刻。

关于非虚构写作，李燕燕一直坚持“记录，有血有肉地记录”，《长大的他们》是她因坚持而获得的又一文学成果，也是她践行个人写作理念的又一例证。在我看来，非虚构写作的最大价值在于书写历史，而李燕燕与此高度契合，只不过她的书写更多聚焦于“小史”，亦即小题材、小人物、小事件、小生活、小时代，其中她最倾心的还是小人物。纵观李燕燕的非虚构作品，不论是早期的《天使 PK 魔鬼》《山城不可见的故事》《燕子的眼睛》，还是近年的《无声之辩》《社区现场》《我的声音，唤你回头》《食味人间成百年》《创作之伞》等，活跃在字里行间的，无一不是一个个生动、鲜活的“小人物”。《长大的他们》也是这样的力作。在李燕燕笔下，大龄孤独症患者小静、小点、小城、小安等各有特点，障碍程度、家庭背景不同，导致他们的性格和与人交往的言行举止也各有不同。透过现场观察和家长的讲述，作者准确传达了这样的不同，却又在共情的基础上表现了这些大孩子身上共有的质朴，字词间流动着温馨和暖意。

李燕燕之所以钟情于写“小人物”，是因为她始终把自己作为“小人物”中的一员。在她看来，写“小人物”在某种意义上就是写自己、检视自己，只有感同身受，才更有可能刻骨铭心。这是李燕燕的文学价值观。在她的非虚构写作中，有两点是特别突出的：一是不追热点、不慕爆款，“板凳甘坐十年冷”。大致在十几年前，从了解到与她几乎同时从军队序列退役的战友张国华的儿子小静患有孤独症开始，李燕燕就在关注这个冷题材，并查阅了大量文献资料，求教研究专家，也把自己逼成了“半个专家”，做足了案头准备；二是不掉“口袋”、不“站着说话”，“文章不写半句空”。五年前，在她着手写作《社区现场》的同时，她就在见缝插针地进行田野调查，实地采访患者家长、特殊学校、干预机构等。为了尽量扩大样本占有量和案例丰富性，每到外地参加其他题材或性质的采风活动，她都会想方设法获取与孤独症有关的信息，给自己增加“额外的任务”。

更为重要的是，“小人物”李燕燕既在生活中，又与生活保持着适中的距离。对于调查采访得来的故事、观点、数据、结论等，她不会轻易全盘接纳，而是反复求证、比较、分析，避免"感情用事"，体现了求真求是的精神与态度。在我看来，适中的"距离感"正是非虚构写作的最高技巧。对标"书写历史"，只有找到合适的位置、恰切的节点，非虚构写作才能更好地廓清真相，还原真实，预见未来并催人反思，予人启迪。

三

我是带着一连串"不容易"的慨叹和对作家李燕燕深深的感激之情读完《长大的他们》的。掩卷，待心绪渐渐平复，作为大龄孤独症患者的家长和一名普通读者，我还有一些疑惑、问题以及浅见，想借此机会求教于方家。

一是孤独症患者的性别占比。网上资料有说"男性患者是女性的 3—4 倍"（也有说 5 倍），这样的说法是否准确？而把男性占比畸高归因于染色体差异，是否足够科学？未见权威研究机构对此有明确反馈。个人认为，搞清楚这些问题，对于孤独症的预防是十分重要的。

二是大龄孤独症患者的恋爱、婚姻乃至生育问题。《长大的他们》对此有提到，家长的想法多数与小静的父亲张国华一致:“一切只能顺其自然。”但可能是囿于篇幅,未能展开。与此紧密相关的问题是孤独症是否具有遗传性，医学上也尚无定论。设想一下，随着医学研究的进步，如果孤独症不具遗传性，那么，关于孤独症患者的婚育，未雨绸缪的规训是否应该提上议事日程?

三是大龄孤独症患者家庭的“二孩”问题。“二孩”被视为大龄孤独症患者家庭的“救星”，是家长们在现实社会条件下的一种自救行为，实属无奈之举。希望学界在这方面有更深入、更专门的研究，在血缘亲情伦理之外，为大龄孤独症患者家庭增添别样的信心。

四是大龄孤独症患者的就业问题。《长大的他们》对业界通行的庇护性就业与支持性就业进行了比较研究，结论是各有优劣。我个人更倾向于后者，因为这是直指孤独症患者病根的“大招”，不在社会大熔炉中去经受摔打，“大孩子”就不可能完全真正克服那致命的社会交往障碍。

最后我想说的是，大龄孤独症患者的社会融入之路虽还漫长，却也越来越宽敞，而更需要敞开心怀的还是大龄孤独症患者的家长们。我对妈妈们的自救行为满怀敬意，但这在一定程度上似乎也可理解为“护犊子”或自我封闭。作为家长，我们应创造并利用更多机会让他人、让社会了解孤独症、了解这些“来自星星的孩子”，了解越广泛越充分，理解才会越宽宏越深入，社会各方面的参与和支持也才会越积极越到位。

理想的境界或许应该是这样的：不是大龄孤独症患者融入社会，而是社会无障碍地走进大龄孤独症患者的世界。

（刘清泉，中国作家协会会员，重庆市沙坪坝区作协主席。本文原发于 2025 年 4 月 13 日《当代》公众号，收录时有改动）